A DOWRY OF BLOOD
Copyright © S. T. Gibson, 2021

Direitos de publicação negociados em parceria com a Books Crossing Borders Inc. e a Ute Körner Literary Agent.

Tradução para a língua portuguesa
© Marcela Filizola, 2023

Diretor Editorial
Christiano Menezes

Diretor Comercial
Chico de Assis

Diretor de MKT e Operações
Mike Ribera

Diretora de Estratégia Editorial
Raquel Moritz

Gerente Comercial
Fernando Madeira

Coordenadora de Supply Chain
Janaina Ferreira

Gerente de Marca
Arthur Moraes

Gerente Editorial
Marcia Heloisa

Editora
Nilsen Silva

Capa e Proj. Gráfico
Retina 78

Coordenador de Arte
Eldon Oliveira

Coordenador de Diagramação
Sergio Chaves

Finalização
Sandro Tagliamento

Preparação
Rayssa Galvão

Revisão
Jéssica Reinaldo
Victoria Amorim
Retina Conteúdo

Impressão e Acabamento
Leograf

DADOS INTERNACIONAIS DE CATALOGAÇÃO NA PUBLICAÇÃO (CIP)
Jéssica de Oliveira Molinari CRB-8/9852

Gibson, S. T.
   Pacto de sangue / S. T. Gibson ; tradução de Marcela Filizola. — Rio de Janeiro : DarkSide Books, 2023.
   256 p.

   ISBN: 978-65-5598-333-3
   Título original: A Dowry of Blood

   1. Ficção norte-americana 2. Literatura fantástica 3. Horror
   I. Título II. Filizola, Marcela

23-5342   CDD 813

Índice para catálogo sistemático:
1. Ficção norte-americana

[2023]
Todos os direitos desta edição reservados à
***DarkSide*®** Entretenimento LTDA.
Rua General Roca, 935/504 — Tijuca
20521-071 — Rio de Janeiro — RJ — Brasil
www.darksidebooks.com

PACTO de SANGUE

S.T. Gibson

TRADUÇÃO
Marcela Filizola

DARKSIDE

*Para os que escaparam de um amor
como a morte e para os que ainda
estão presos em suas garras:
vocês são os heróis desta história.*

S.T. Gibson

Este livro envereda por caminhos sombrios. Para que os leitores possam escolher se querem embarcar na história ou não, fiz uma lista de conteúdo sensível que pode ser encontrado no livro. *Pacto de Sangue* contém representações de abuso emocional, verbal e físico entre parceiros íntimos, *gaslighting*, guerra, fome e epidemia, sangue e carnificina, conteúdo sexual consensual, sadomasoquismo, automutilação, horror corporal, violência e assassinato, uso de álcool, depressão e mania. Há também breves referências a assédio sexual (não direcionado a nenhuma personagem nomeada), uso de drogas e afogamento.

Parte Um

S.T. Gibson

PACTO de SANGUE

SANGUIS PACTUM PARS PRIMA

Nunca sonhei que acabaria assim, meu senhor: seu sangue jorrando e deixando manchas quentes na minha camisola, derramando-se como um rio no chão do nosso quarto. Mas criaturas como nós vivem tempo demais. Não há horror neste mundo que possa me surpreender. No fim das contas, até sua morte se tornou uma inevitabilidade.

Sei que, à sua maneira, você nos amou. Magdalena pelo brilhantismo. Alexi pela beleza. Mas eu era sua esposa de guerra, sua fiel Constanta, e você me amou pelo meu desejo de sobreviver. Você tirou de mim essa tenacidade e a esfrangalhou, então me largou aberta na sua bancada de trabalho, feito uma boneca dessecada, até que tivesse tempo para me consertar.

Você me encheu de conselhos amorosos, me remendou com a linha da sua cor favorita, me ensinou a andar, a falar e a sorrir da maneira que mais lhe agradasse. E, no começo, me deixou tão feliz por me fazer sua marionete. Tão feliz por ter sido escolhida.

~~O que estou tentando dizer é que~~
~~Estou tentando explicar que~~

Depois
de tanto tempo,
até a solidão,
tão fria e vazia,
começa a parecer
amigável.

Estou tentando explicar por que fiz o que fiz. Essa é a única maneira em que consigo pensar de garantir a minha sobrevivência. E, mesmo agora, ainda gostaria que você se orgulhasse da minha determinação em persistir.

Orgulhasse. Será que há algo de errado comigo por ainda pensar em você com carinho, mesmo depois de todo o sangue e de todas as promessas não cumpridas?

Não importa. Nada mais importa. Com exceção do relato completo da nossa vida juntos, desde o começo trêmulo até o fim brutal. Tenho medo de que, se eu não deixar registros disso, vá acabar enlouquecendo. Se eu escrever, não tenho como me convencer de que nada disso aconteceu. Não tenho como dizer a mim mesma que você não queria ter feito nada disso, que tudo não passou de um sonho terrível.

Você nos ensinou a não sentirmos culpa, a nos deleitarmos sempre que o mundo exigisse tristeza. Então nós, suas noivas, vamos brindar à sua memória e beber intensamente do seu legado, extraindo força do amor que compartilhávamos com você. Não nos desesperaremos, nem mesmo quando o futuro se estender diante de nós, faminto e desconhecido. E eu, por mim, manterei um registro. Não por você, nem por qualquer plateia, mas para acalmar minha mente.

Você será retratado como realmente era. Não será pintado em vitrais imaculados, tampouco forjado em fogo profano. Farei de você apenas um homem, um equilíbrio perfeito de ternura e brutalidade, e talvez, com isso, eu possa me justificar para você. E para minha consciência atormentada.

Esta é minha última carta de amor para você, embora também possam chamá-la de confissão. Bem, de fato, esses são dois aspectos de uma mesma violência sutil. Ambos registram em tinta as palavras que queimam no ar quando ditas em voz alta.

Onde quer que esteja, meu amor, meu algoz, se ainda puder me ouvir, ouça isto:

Nunca foi minha intenção matar você.

Pelo menos não no início.

F inda a matança, você veio a mim, quando os últimos suspiros escapavam dos meus pulmões depauperados. Enquanto eu permanecia deitada na lama ensopada de sangue, agonizando demais para gritar por socorro, a brisa levou o cântico bêbado dos invasores na minha direção. Estava com a garganta doendo da fumaça e dos gritos, e meu corpo era uma massa tenra de hematomas e de ossos quebrados. Nunca sentira uma dor como aquela, e nunca mais senti nada assim.

Não há valentia na guerra, apenas uma brutalidade hedionda. Nenhum ser vivo consegue durar muito tempo depois que tudo ao seu redor foi abatido.

Eu já fui a filha de alguém; fui uma aldeã com braços fortes o bastante para ajudar o pai na ferraria e de mente rápida o bastante para lembrar a lista de compras da mãe. Meus dias eram medidos pela luz no céu e pelas tarefas que me eram dadas, com uma missa semanal na igrejinha de madeira. Era uma existência precária, mas feliz, cheia das histórias de fantasmas que minha avó contava diante do fogo e da esperança de um dia cuidar da minha própria casa.

Queria saber se você teria me desejado caso tivesse me conhecido assim, vibrante, amada e viva.

Mas você me encontrou sozinha, meu senhor. Reduzida a uma sombra do que já tinha sido, perto demais da morte. Era como se o destino tivesse me preparado para você, um banquete irresistível.

E cheia de possibilidades, como você diria, de potencial.

Mas eu digo que era vulnerabilidade.

Pude ouvi-lo antes de vê-lo, o tilintar da sua armadura e o estalar dos seus passos no chão coberto de destroços. Minha avó dizia que as criaturas parecidas com você chegavam aos campos de batalha sem fazer alarde, para cear os mortos. Você deveria ser um terror noturno feito de fumaça, não um homem de carne e osso que deixava pegadas na terra.

Eu me encolhi quando você se ajoelhou junto a mim, usando a pouca força que me restava para afastar o corpo. Seu rosto estava obscurecido pela escuridão da noite, mas mesmo assim rilhei os dentes. Não sabia quem era. Só sabia que, se meus dedos não me traíssem, arrancaria os olhos do próximo homem que me tocasse. Tinha sido espancada e deixada para morrer, mas não foi a morte que veio me reivindicar.

"Tanto rancor e tanta raiva", você disse, e sua voz me deu calafrios. Aquilo me paralisou, como um coelho que entra em transe com a lamparina do caçador. "Ótimo. A vida pode falhar, mas a raiva, não."

Você segurou meu braço com dedos frios como mármore e o levou à boca. Com gentileza, beijou o pulso, e meus batimentos se aquietaram depressa.

Só vi seu rosto quando você se inclinou sobre mim para avaliar quanto tempo de vida ainda me restava. Olhos escuros e aguçados, nariz aquilino e lábios finos e contraídos. Não havia resquício de desnutrição ou de doença em seu rosto, nenhuma cicatriz de infância esbranquiçada com o passar do tempo. Só uma perfeição suave e intransponível, tão bonita que doía só de olhar.

"Deus", grunhi, tossindo sangue. Lágrimas brotaram nos meus olhos, em parte por horror, em parte por reverência. Mal sabia com quem estava falando. "Deus, me ajude."

Gotas de chuva cinzenta caíram do céu vazio, respingando nas minhas bochechas. Quase não as senti. Fechei a mão, desejando que meu coração continuasse batendo.

"Tão determinada a viver...", você murmurou, como se estivesse testemunhando algo sagrado, como se eu fosse um milagre. "Chamarei você de Constanta. Minha fiel Constanta."

Eu tremia sob a chuva que formava uma poça à nossa volta. As gotas caíam no meu cabelo e enchiam minha boca ofegante. Sei que, antes desse momento, eu tinha um nome. Era um nome robusto, caloroso e saudável, como pão preto saído do forno. Mas a garota que eu havia sido desapareceu no instante em que você me declarou sua.

"Você não vai resistir por muito tempo, mesmo tendo essa vontade de ferro", você comentou, aproximando-se. Sua silhueta se assomou sobre mim e bloqueou o céu, e tudo que eu via era a insígnia de metal desgastada que prendia sua capa, fechando-a na altura da garganta. Nunca vira roupas tão finas, ou que parecessem tão antigas. "Você foi quebrada. Destroçada."

Tentei falar outra vez, mas a dor dilacerante no meu peito não permitiu. Quebrara uma costela, quem sabe, ou várias. Estava ficando mais difícil puxar ar para dentro do corpo. Ouvia um gorgolejo horrível a cada inspiração.

Fluido nos pulmões, provavelmente. Sangue.

"Deus", grunhi de novo, e consegui proferir mais algumas poucas palavras: "Me salve. Por favor".

Fechei os olhos com força, e lágrimas escorreram. Você se inclinou para beijar minhas pálpebras, uma depois da outra, então murmurou:

"Não posso salvar você, Constanta. Mas posso lhe ajudar."
"*Por favor.*"
O que mais eu poderia ter dito? Não sabia o que estava pedindo, só implorei para não ser largada no chão, sozinha, enquanto me afogava no meu próprio sangue. Se eu tivesse recusado, você teria me deixado lá? Ou eu já estava marcada e minha cooperação era mera formalidade?

Você afastou meu cabelo molhado e expôs a carne branca do pescoço.

"Vai doer", você murmurou, traçando as palavras na minha garganta com seus lábios.

Às cegas, tentei me segurar em alguma coisa. Meu coração martelava no peito, e o mundo se desfazia em um borrão. Meus dedos se enroscaram no seu antebraço, a primeira coisa que encontraram. Um olhar assustado cruzou seu rosto, e eu me agarrei com força, puxando você mais para perto. Não sabia o que você estava me oferecendo; só sabia que estava apavorada com a possibilidade de ser largada ali.

Você contemplou meu rosto quase como se estivesse me vendo pela primeira vez.

"Tão forte", você comentou, inclinando a cabeça para me observar do mesmíssimo jeito que um joalheiro faria com um diamante perfeitamente lapidado. "Segure firme, Constanta. Se sobreviver a isso, nunca mais sentirá o ferrão da morte."

Então você baixou a boca até meu pescoço. Senti duas alfinetadas, então uma dor lancinante atravessou o local. Eu me contorcia nos seus braços, mas suas mãos nos meus ombros eram fortes como um grilhão de ferro, prendendo-me ao chão.

Eu não sabia como descrever aquele momento, não sabia como explicar como tiramos nossa força das veias dos vivos. Mas sabia que estava sendo submetida a algum horror indescritível, algo que não deveria ocorrer à luz implacável do dia. Um fragmento de uma das histórias da minha avó cruzou meus pensamentos.

Os moroi não sentem compaixão. Só fome.

Nunca acreditei nessas histórias sobre mortos que se arrastavam para fora da terra para sugar o sangue dos vivos. Não até aquele momento.

Meus pulmões não tinham ar suficiente para que eu pudesse gritar. Meu único protesto foram as lágrimas silenciosas escorrendo pelo rosto, e o corpo rígido de agonia enquanto você se esbaldava de mim.

Uma dor quente como a bigorna de um ferreiro incendiava minhas veias, indo até as pontas dos dedos das mãos e dos pés. Você me empurrou para a beira da morte, mas se recusou a me deixar saltar. Você me deixou sangrar bem, bem devagar, até que eu murchasse, com um controle que apenas séculos seriam capazes de ensinar.

Fria, flácida e exausta, eu estava convencida de que minha vida acabara. Então, assim que fechei os olhos, senti o toque escorregadio da sua pele molhada em minha boca. Meus lábios se abriram por instinto, e tossi com o gosto pungente e acre do sangue. Naquele momento, não havia nenhuma doçura, nenhuma intensidade, nenhuma sutileza. Tudo que senti foi o gosto de um vermelho errado que desceu ardendo pela garganta.

"Beba", você insistiu, pressionando o pulso sangrento contra minha boca. "Se não beber, vai morrer."

Comprimi os lábios com força, embora seu sangue já tivesse passado. Eu deveria estar morta havia muito tempo, mas ainda estava viva, sabe-se lá como, com um vigor renovado correndo pelas veias.

"Não posso forçar você a beber." Suas palavras saíram com um misto de apelo e de irritação. "A escolha é sua."

De má vontade, abri os lábios e suguei seu sangue feito leite materno. Se aquele tormento era minha única salvação, que fosse.

Um fogo indescritível floresceu no meu peito, enchendo-me de luz e de calor. Era um fogo purificador, como se eu estivesse sendo queimada de dentro para fora. O ferimento irregular no pescoço ardeu como se eu tivesse sido mordida por uma criatura venenosa, mas a agonia dos músculos machucados e dos ossos quebrados arrefeceu até que, por milagre, desapareceu.

Então veio a fome. No começo era quieta, uma agitação no fundo da mente, a quentura suave da boca salivando.

De repente, fui tomada pela sede, e não havia como ignorá-la. Sentia como se não bebesse uma só gota de água havia semanas, como se não conseguisse nem me lembrar do sabor da comida. Precisava da nutrição pulsante e salgada que fluía daquele pulso, precisava de mais e mais.

Apertei seu braço com meus dedos gelados e afundei os dentes na pele, sugando o sangue direto da veia. Ainda não tinha dentes de caça, mas fui com tudo, mesmo quando você arrancou o pulso da minha boca encharcada.

"Calma, Constanta. Respire. Se não for devagar, vai ficar nauseada."

"Por favor", grunhi, mas mal sabia o que estava pedindo. Sentia a cabeça girar, meu coração estava acelerado, e eu passara de quase morta para visceralmente viva em questão de minutos. Para ser sincera, estava mesmo um pouco nauseada, mas também completamente eufórica. Devia estar morta, mas não estava. Coisas terríveis haviam sido feitas a mim, e eu também havia feito uma coisa terrível, mas estava *viva*.

"Levante-se, meu milagre sombrio", você disse, pondo-se de pé e estendendo a mão para mim. "Venha encarar a noite."

Com os joelhos trêmulos, eu me levantei para acolher aquela nova vida de delírio e de um poder de tirar o fôlego. O sangue, seu e meu, secou como uma mancha marrom nos meus dedos e na minha boca.

Você envolveu as mãos nas minhas bochechas, segurando meu rosto para me examinar. A intensidade daquela atenção era desnorteante. Na época, eu chamaria isso de prova de amor, aquela ardência que consumia tudo. Mas passei a entender que sua obsessão é mais de cientista do que de amante; que seu escrutínio está mais associado ao estudo da fraqueza, da imperfeição, de qualquer detalhe que precise de reparos.

Você me fez inclinar a cabeça e apertou minha língua com o polegar, espiando dentro da minha boca. Senti crescer dentro de mim uma vontade de morder, mas a sufoquei.

"Você precisa cortar seus dentes, ou vão ficar presos e encravar", você me falou. "E precisa comer alguma coisa."

"Não estou com fome", respondi, mesmo sendo mentira. Simplesmente não conseguia nem imaginar ter apetite por comida, por algo como pão preto, ensopado de carne e uma caneca de cerveja, não depois de tudo que me acontecera naquele dia. Sentia que nunca mais precisaria comer, mesmo com a fome roendo as paredes do meu estômago como um bicho enjaulado.

"Você vai aprender, pequena Constanta", foi sua resposta, acompanhada de um sorriso compreensivo. "Vou abrir mundos inteiros para você."

Você beijou minha testa e alisou meu cabelo imundo, afastando-o do rosto.

"Serei duplamente benevolente", você anunciou. "Vou tirá-la da lama. Farei de você uma rainha. E lhe darei sua vingança."

"Vingança?", sussurrei, sentindo a palavra áspera e eletrizante na língua. Parecia bíblico, apocalíptico, além do alcance da experiência humana. Mas eu não era mais humana. Nem você, havia muito tempo.

"Ouça", disse você.

Fiquei em silêncio, apurando os ouvidos para aquela clareza recém-descoberta. Ouvi o tinir de armaduras, uma conversa baixa entre homens; tudo bem longe, tão longe que eu não teria ouvido antes, mas não a ponto de não podermos diminuir essa distância em questão de minutos.

Uma poça de raiva se acumulou no meu estômago e iluminou meu rosto. Aquilo me fortaleceu, aquela raiva rígida feito ferro sólido no meu corpo. De repente, eu queria destruir cada um dos homens que tinham espancado meu pai até ele parar de se mexer, que ergueram tochas diante da nossa casa enquanto meu irmão gritava, implorando que poupassem as crianças lá dentro. Queria destroçá-los mais lenta e dolorosamente do que eles tinham feito comigo, deixá-los sangrando e rogando por piedade.

Eu nunca fora muito dada à violência. Mas também nunca testemunhara, nem precisara retribuir atos tão vis. Nunca experimentara uma agonia que contrai a mente, deixando-a encolhida e pronta para dar o bote. Eu carregaria aquela víbora dentro de mim por anos a fio, soltando-a volta e meia para destroçar os perversos. Mas, naquele dia, eu ainda não tinha feito amizade com minha serpente interior. Ela ainda parecia um intruso estranho, uma criatura assustadora que exigia ser alimentada.

Você falou bem perto do meu ouvido enquanto eu olhava para longe, para onde os invasores desfrutavam da sua refeição. Mesmo agora, não tenho ideia de como eles aguentavam jantar tão perto das entranhas estripadas de mulheres e crianças. A guerra é a pedra de amolar que desgasta todo o sentido, toda a humanidade.

"Não vão ouvir você chegar", você murmurou. "Vou ficar um pouco afastado para garantir sua segurança e me certificar de que nenhum deles fuja."

Minha boca salivou, as gengivas pulsaram de dor. Meu estômago se contorceu em nós dolorosos, como se eu não comesse havia semanas.

Devagar, minhas mãos trêmulas, que estavam soltas junto ao corpo, fecharam-se em punhos firmes.

Senti você sorrir contra minha pele, sua voz incorporando o prazer violento da caça.

"Use o sangue deles para regar as flores da sua mãe."

Assenti. Minha respiração estava quente e entrecortada.

"Sim, senhor."

Meu senhor. Meu soberano. Amado. Rei. Meu querido. Meu defensor.

Naquela época eu tinha tantos nomes para você. Minha taça de devoção transbordava com títulos dignos da sua posição. Também dizia seu nome, o que você recebeu da sua mãe, mas só nos momentos mais íntimos, quando eu te reconfortava durante suas raras demonstrações de fraqueza ou quando fazia um pacto como mulher, como esposa.

Mas não sou mais sua esposa, meu senhor, e acho que você nunca me viu como uma mulher completa. Sempre fui uma aluna. Um projeto. Uma cúmplice.

Você não permitiu que eu mantivesse meu nome, então vou despojá-lo do seu. Neste mundo, você é o que eu digo, e eu digo que você é um fantasma, um sonho febril de uma noite longa do qual finalmente acordei. Digo que você é a memória da fumaça de uma chama, o gelo de sofrimento derretendo sob um sol de primavera, um registro de dívidas sendo apagado.

Eu digo que você não tem nome.

A sede de sangue provoca um delírio muito difícil de descrever. Desde o primeiro jorro na língua até o último movimento moribundo da presa em suas mãos, toda a experiência se desenrola, crescente, em um grito de êxtase. Os de pouca imaginação podem comparar isso ao clímax carnal, mas eu o comparo ao êxtase religioso. Nesta minha morte desperta, nunca me senti mais verdadeiramente viva do que quando estou tirando a vida de outra pessoa.

Não comecei aos poucos, sugando goles de sangue de algum amante na cama. Lancei-me para cima dos meus agressores como uma fúria mitológica.

E não apenas os matei. Eu os destrocei.

Eram cinco ou seis homens. Não consegui contar quando eles me atacaram e não me dei ao trabalho de contar quando contra-ataquei. Pareciam ser uma massa pulsante se contorcendo, uma horda de insetos que era melhor erradicar esmagando-os sob a bota. Antes de você me encontrar, eu não teria conseguido derrubar sequer um deles, quanto mais seis. Mas seu sangue me fortaleceu, me fez mais forte. Evaporou meu medo e me impulsionou para os acampamentos, com a boca retorcida em um rosnado.

Um deles olhou por cima do ombro e me viu chegar, o rosto iluminado pela fogueira que usavam para preparar refeições.

Ele abriu a boca para gritar. Envolvi seus dentes superiores com uma das mãos, os inferiores com a outra, e arranquei a mandíbula antes que ele tivesse a oportunidade.

A morte dos outros foi fácil demais. Arranquei olhos, quebrei pescoços, fraturei costelas, rasguei a carne tenra da parte interna dos braços com dentes que desabrochavam. Minhas gengivas se partiram, misturando meu sangue com o sangue dos meus agressores, enquanto eu me alimentava deles sem parar. Apenas um tentou fugir, cambaleando para a escuridão, direto para os seus braços. Você quebrou a perna dele com um chute rápido e o mandou mancando de volta para mim, como um pai que vira um soldadinho de corda que está vagando perto demais da porta do salão de jogos.

Quando tudo acabou, eu me vi tropeçando entre os corpos, ofegante. Estava satisfeita com o que fizera, sem nutrir nenhum arrependimento traiçoeiro, mas não me sentia saciada. A fome persistia, quieta, mas sempre presente, apesar do estômago revolto e cheio de sangue, e eu não me sentia limpa e vingada como havia esperado. O horror de ter sido espancada enquanto minha família queimava até morrer persistia, gravado na memória, embora meu corpo não tivesse mais aquelas marcas. A sede de vingança que aqueles homens tinham semeado em mim perseverava, encolhida e adormecida.

Respirei fundo, sentindo um soluço borbulhar dentro de mim. Não sabia por que chorava, mas as lágrimas caíam como uma tempestade que vinha chegando.

"Venha", você chamou, envolvendo-me com sua capa.

"Para onde vamos?", perguntei, andando tropegamente atrás de você. Os corpos caídos em uma pilha dissecada ao redor do fogo ainda fumegante eram uma visão horrenda, mas não tão horrível quanto o que tinha sido feito com minha aldeia, com minha família.

Você deu um sorrisinho que fez meu coração palpitar.

"Para casa."

Sua casa, em ruínas e coberta pelo rastejo lento da hera e do tempo, ficava no alto da aldeia, nas montanhas rochosas onde pouquíssimas pessoas que não pertenciam à nobreza se aventuravam. Desmoronando e dilapidada, ela parecia quase abandonada. Mas o que vi foi esplendor. Belos parapeitos, vistosas portas de carvalho, grandes janelas pretas. As pontas das torres pareciam perfurar o céu cinza, provocando trovões e chuva.

Comecei a tremer, encarando a bela casa que se assomava diante de mim como se quisesse me devorar. Àquela altura, a embriaguez do sangue e da vingança tinha esmorecido. Era apenas o medo que agitava meu estômago.

"Tudo aqui dentro é seu. Tudo está ao seu dispor", você me falou, inclinando-se na minha direção. Você era tão alto que tinha que se curvar como uma árvore ao vento para sussurrar no meu ouvido.

Naquele momento, minha vida não era mais minha. Eu a senti se esvaindo de mim, assim como a adolescência deve escapar das mulheres que realizam casamentos apropriados na igreja, com taças de vinho de comunhão em vez de beijos violentos e campos de batalha cheios de sangue.

"Eu..."

Minha voz vacilou, e meus joelhos também. Você deve ter notado minha fraqueza. Sempre notava.

Você me tomou nos braços como se eu tivesse o mesmo peso de uma criança e me carregou porta adentro, me segurando com gentileza, tomando cuidado para não apertar forte demais, nem deixar marcas. Fiquei mais atônita com aquela demonstração de ternura do que com sua chegada milagrosa na hora da minha morte. Em retrospecto, eu deveria ter prestado mais atenção à conveniência da sua chegada. Neste mundo, não existem anjos que acompanham os moribundos em seus momentos finais, apenas ladrões e aves carniceiras.

Quero acreditar que você não estava só interpretando um papel. Quero acreditar que sua gentileza não foi só mais uma nota na sua ária bem ensaiada de sedução, repetida inúmeras vezes para as suas inúmeras noivas. Mas eu te amei por tempo demais para acreditar que você seria capaz de fazer algo sem segundas intenções.

O átrio se abriu diante de mim como uma bocarra faminta. Sombras frias cascatearam à nossa volta quando cruzamos a soleira, e a elegância soturna da casa me deixou sem ar. Cada detalhe me impressionava, desde os candelabros de ferro na parede até os tapetes coloridos no chão. Antes daquilo, minha vida era muito simples; feliz, mas sem adornos. O único ouro que eu já tinha visto era o cálice reluzente que o padre, vindo de uma cidade maior, tirava da bolsa nas duas vezes por ano em que celebrava a comunhão. Agora havia ouro reluzindo diante de mim em todos os cantos e prateleiras, o que conferia um ar de sacralidade ao lugar.

"É lindo", murmurei, virando a cabeça para trás, para observar as vigas que desapareciam na escuridão.

"É seu", foi sua resposta. Sem hesitar. Foi este o momento em que nos unimos em matrimônio, quando você me ofereceu uma parte do seu reino em ruínas? Ou foi quando seu sangue jorrou na minha boca pela primeira vez?

Você me deu um beijo frio e casto, então me colocou no chão. Nossos passos reverberaram pela casa conforme fui guiada até a escada de pedra. Você pegou uma tocha flamejante da parede antes de me levar mais para dentro das sombras. Minha capacidade de ver no escuro era melhor do que jamais fora, mas eu ainda não era tão forte quanto você. Ainda precisava de um pouco de luz para conseguir enxergar.

Os cômodos passaram em um borrão de tapeçarias e pedras cinzentas. Com o tempo, eu viria a conhecê-los, todos eles, mas, naquela noite, eu mal conseguia distingui-los. A casa parecia descer para sempre, se estender para sempre. Eu nunca tinha entrado em uma casa tão grande, e parecia que éramos as únicas criaturas vivas ali dentro.

Se é que podemos chamar criaturas como nós de vivas.

"Você vive sozinho aqui?", perguntei, baixinho. Meus pés imundos deixavam um rastro de sangue e lama no tapete, e eu me perguntava quem iria limpar aquilo. "E os criados?"

"Fugiram ou morreram", foi sua resposta, sem mais explicações. "Antes de tudo, é melhor deixarmos você limpinha, não acha?"

Você me levou para um quartinho e começou a acender as velas, uma a uma. Havia uma banheira de latão comprida e rasa no meio do cômodo, além de baldes para transportar água. Pequenos frascos de óleo e de perfume estavam espalhados pelo tapete, o tipo de frasco que se vê nos aposentos das rainhas.

"Isso é para mim?". Minha voz estava trêmula. Meus pés doíam da longa caminhada, e cada músculo do meu corpo ressoava a dor de morrer lentamente para começar uma nova vida. Uma vez contida a sede de sangue, eu passara a sentir as pernas fracas. Aquela noite começou a parecer um sonho turvo e extasiado.

"Óbvio", foi a resposta murmurada. "Você merece tudo isso e mais um pouco. Vou pegar sua água."

Atordoada, fiquei sentada enquanto você enchia a banheira com baldes de água, alternando entre quente e fria até atingir a temperatura ideal. Então você me puxou, para que eu me levantasse, e começou a desamarrar meu vestido com muita habilidade.

Eu me afastei, soltando um grunhido. Até então, eu estivera disposta e lânguida como uma boneca nas suas mãos, aceitando cada toque, cada beijo. Mas o medo vibrou na minha garganta.

"Não", gemi. "Não quero... Ninguém nunca me olhou assim antes. Não desse jeito."

Você franziu a testa, preocupado, ou talvez fosse apenas frustração, mas afastou as mãos das minhas roupas com delicadeza.

"Nunca vou levantar a mão para você, Constanta", você falou, calmo. "Nem por raiva, nem por desejo."

Balancei a cabeça, engolindo em seco.

"Obrigada. E obrigada por me entregar aqueles monstros."

"Eu traria dez homens por dia para alimentá-la, se você pedisse. Encontraria cada homem, mulher ou criança que já lhe disse uma palavra ríspida e os traria até você de quatro, na rédea curta."

"Obrigada", falei baixinho, como se orasse.

"Quer que eu a deixe?"

"Não", falei, segurando seu braço. "Fique. Por favor. Só... Preciso de um tempinho."

Você assentiu e fez uma mesura breve, então virou as costas com toda a educação do mundo enquanto eu desamarrava e tirava o vestido. Minhas roupas estavam pesadas de tanta tristeza, de tanto sangue seco, e eu as chutei para um canto depois que caíram do meu corpo, peça a peça. Nunca mais queria vê-las.

Enfiei um pé descalço e trêmulo na banheira, afundando naquele abraço quente e delicioso. Em instantes, a água límpida ficou rosada, depois tornou-se vermelha como a fruta do espinheiro-branco, obscurecendo minha nudez. A água fez arder as feridas abertas, mas elas estavam cicatrizando mais rápido do que deveriam.

"Pode olhar agora", falei.

Você se ajoelhou no chão ao meu lado, trazendo meu pulso até os lábios.

"Continua linda", você elogiou.

Você me banhou como se eu fosse sua filha, lavando meu cabelo para remover o sangue. Fiquei mergulhada naquela água vermelha, perfumada pela agonia dos meus agressores, e deixei você me pentear enquanto afugentava cada grunhido.

"Incline a cabeça para trás."

Fiz o que você mandou, deixando a água correr pelo cabelo. Naqueles dias, eu sempre fazia o que você mandava.

Nunca sequer vira uma banheira melhor do que um cocho de madeira rústica. O bronze reluzente era gelado contra a pele, e eu fechei os olhos e boiei, perdida no toque suave das suas mãos e na dor latejante que, aos poucos, amainava. Senti como se estivesse flutuando acima do meu corpo, vendo você passar as unhas longas pelo meu cabelo. Sentia a tentação de me distanciar de tudo.

"Volte para mim, Constanta", você pediu, virando meu queixo na sua direção. "Fique aqui."

Você beijou minha boca com uma insistência que já estava se tornando familiar, então me derreti sob seu toque e abri os lábios para você. A água escorria pelo meu corpo como um riacho enquanto eu o envolvia nos meus braços, cheia de coragem. Você tocou minha pele úmida e soltou um grunhido desesperado. Naquele momento, eu soube que iria até o inferno atrás dos seus pequenos momentos de fraqueza. Afinal, existe algo mais adorável do que um monstro arruinado pelo desejo?

"Vamos secar você antes que pegue um resfriado", você murmurou, ainda procurando meu beijo. Seus lábios traçaram a curva do meu queixo, o arco do meu pescoço.

Eu me sentei na banheira, meio sem jeito, enquanto você pegava um roupão felpudo e o estendia para mim, escondendo o rosto atrás do pano. Eu me levantei e deixei você secar cada centímetro do meu precioso cabelo. Deixamos o vestido ensanguentado no chão. Depois daquela noite, eu nunca mais o vi. Muitas vezes me perguntei se você o queimou junto dos últimos vestígios do nome que os meus pais me deram. De toda forma, você me envolveu em seus braços, pressionando-me contra seu corpo como se eu fosse desaparecer sem um abraço forte o bastante.

"Me leve para o seu quarto", pedi, agarrando suas roupas. Não era um pedido apropriado, mas você tinha dissolvido, de uma só vez, tantos tabus da minha vida anterior. O que eram as indiscrições depois dos pecados que havíamos cometido juntos?

"Preparei seus aposentos", foi sua gentil resposta. Sempre galante, sempre interpretando o papel que você mesmo criou, dizendo suas palavras corretas.

Lágrimas escorreram pelo meu rosto perante a ideia de passar um segundo sequer da noite sem você por perto. A quietude me parecia uma doença terrível que infectaria meu cérebro com as imagens dos horrores que eu vivera. Eu não queria rever o rosto carbonizado do meu pai, não queria relembrar os gritos dos invasores. Só queria paz.

"Não quero ficar sozinha. Por favor."

Você assentiu, abrindo a porta para mim.

"Tudo que minha esposa desejar será concedido. Que não haja segredos entre nós, Constanta. Nenhum desacordo."

Não me recordo dos detalhes do seu quarto naquela primeira noite, apenas dos contornos suaves da escuridão, do tecido damasco pesado e da madeira esculpida me convidando mais para dentro. Na época, achei que parecia um útero, acolhedor e aveludado. Agora só me lembro do quarto como o túmulo onde dormimos durante nossa morte viva.

Você me trouxe uma camisola de linho macio e refinado e me abrigou na sua cama. Pressionei meu corpo contra o seu. A casa estava totalmente silenciosa, exceto pelo som da minha respiração e dos batimentos lentos e constantes do seu coração. Muito lentos, como se seu corpo estivesse brincando com um processo do qual não precisava mais havia muito tempo. Eu sentia que não havia como estar perto o bastante de você para apaziguar aquela dormência que rastejava sobre a minha pele. Eu precisava ser tocada, ser abraçada de uma maneira que me fizesse sentir que tudo aquilo era real. Tinha medo de escapulir para as memórias horríveis da minha família sendo queimada viva. Ou, o que era ainda mais assustador, para um nada absoluto e vazio.

"Beije-me", pedi de repente, rasgando o silêncio.

"Constanta", você murmurou, permissivo, virando o rosto para mim. Seus lábios beijaram as maçãs do meu rosto e o meu queixo. "Constanta, Constanta."

Ouvir você me chamar daquele jeito quase me deixou em transe. Minha pele queimava com um ardor sobrenatural enquanto eu te beijava sem parar, até começar a tremer. Não sei se estremecia de medo ou de desejo, ou se tremia porque meu corpo ainda estava se desfazendo e se refazendo. A transformação leva dias, até mesmo semanas, para ser concluída. Passamos centenas de anos amadurecendo, afastando-nos um pouco mais da nossa humanidade a cada noite.

Eu era jovem. Teria deixado você fazer qualquer coisa para aplacar aquela queimação.

"Me possua", sussurrei, e meus lábios formigantes roçaram nos seus. "Eu quero você."

"Você ainda está fraca", você avisou, deslizando a mão pela minha coxa até pousá-la no meu quadril. Sua boca desceu, depositando beijos intensos na curva do meu pescoço. "Você precisa dormir."

"Eu preciso de você", gemi, com lágrimas brotando dos olhos. Queria sentir um pouco de alegria naquele mundo feio e espinhoso, queria encontrar doçura mesmo com todo o sangue e os gritos. Queria fazer aquilo, e lembrei isso a mim mesma. Aquilo faria com que eu voltasse a me sentir forte e inteira. "Apague a luz."

Você fez o que eu pedi, mergulhando o quarto em um breu total, então sua boca encontrou a minha com uma ferocidade que quase me assustou. Senti uma violência pura e intensa por trás do beijo, um desejo de rasgar e de devorar que parecia mais lupino do que humano. Sua fome de mim era sempre mais perceptível sob o manto da escuridão, quando você não precisava da aparência de civilidade no rosto. Sempre fui seu ratinho, mantido engaiolado até a hora do gato brincar. Você nunca me machucou, mas se deleitava com meu coração acelerado e meus suspiros amedrontados.

Seus dedos encontraram a bainha do meu vestido e, com destreza, você me despiu. Estremeci, sentindo minha pele roçando na sua enquanto você, decidido, movia a boca sobre as minhas clavículas e meus seios. Você não foi meu primeiro, mas aquilo era totalmente diferente de um encontro risonho e desajeitado atrás de um celeiro com o meu namoradinho de infância. Parecia cósmico, como se um pedaço de mim estivesse sendo extirpado para que pudesse residir em você.

"Abra a boca", você mandou.

Então perfurou o dedo indicador na ponta afiada do dente e o passou sobre a minha boca, incentivando minha obediência.

Sangue manchou meus lábios em um beijo escorregadio, até que abri a boca para você. Deixei que deslizasse os dedos ali para dentro e os envolvi na minha língua, sorvendo-os até estarem limpos.

"Sem dentes", você ordenou, entranhando seu calor em minhas profundezas.

Você se lembra de como eu tremia, tentando contrariar meus novos instintos? A boca salivou, as gengivas doíam, mas eu obedeci. Foi um teste? Foi como segurar um pedaço de carne na frente de um cachorro e ordenar que ele se sentasse, apenas para desafiar os limites da obediência?

Bebi cada gota agonizante enquanto você se embrenhava cada vez mais para dentro de mim, obliterando qualquer memória de uma vida anterior.

Depois daquela primeira noite, passei dias dormindo, acordando apenas para cear dedais do seu sangue. Eu me revirei na cama, desesperada por água, pela minha mãe, para que o longo sonho da minha vida acabasse. A transformação foi lenta e dolorosa, uma calcificação das entranhas, um reordenamento dos músculos. A pele passou de carne delicada para uma pedra lisa e sem marcas, e o cabelo e as unhas cresceram mais de meio centímetro por dia. Só o coração permaneceu o mesmo, bombeando sangue quente pelas veias que queimavam a cada movimento meu.

Você cuidou de mim com a lealdade de uma freira que se devota a moribundos, enxugando minha testa com uma toalha fria, me lavando e me vestindo, aparando meu cabelo todas as noites, à luz de velas. No fim, consegui me adaptar ao horário de dormir, acordando à noite e retomando o sono atormentado assim que o sol ameaçava nascer. E você estava sempre ali, firme e sábio, me calando com beijos sem palavras.

Quando eu estava bem, fazíamos amor, e eu sempre cravava os dedos na sua carne com o impulso de acasalamento de uma criatura que sabia que estava morrendo. Quando eu estava mal, você lia para mim ou trançava meu cabelo. Eu não sabia para onde você ia quando não estava comigo, mas você quase sempre estava lá.

Meu salvador. Meu professor. Minha luz no fim do túnel.

Acho que foi quando você
mais me amou, meu senhor.
Quando eu estava recém-feita,
ainda tão maleável quanto
barro molhado nas suas mãos.

Eu queria ter uma noção melhor do tempo, queria ter uma noção melhor de qualquer coisa. Queria mapear com precisão a ascensão e o declínio das nossas vidas. Mas fui pega pelo turbilhão e atirada no mar imenso que é você. Você era o ar que eu respirava, o sangue que me nutria. Eu não conhecia nada além da força dos seus braços, do cheiro do seu cabelo, do toque dos seus longos dedos brancos. Eu me embrenhei tão profundamente ao mapear os contornos do meu amor por você que perdi a noção do tempo. Não havia espaço para esmiuçar o passado e o futuro; havia apenas o agora, eterno.

Enfim, emergi. Inteira e nova, uma outra pessoa. Aquela aldeã estava mesmo morta. Havia morrido dezenas de pequenas mortes naquele leito conjugal, e agora era sua Constanta, sua joia soturna e inquebrantável.

Você finalmente me permitiu vagar pelos corredores do meu novo lar. Como sair de casa ainda era estritamente proibido (você dizia que eu ainda estava muito fraca), você me alimentou apenas das suas veias naqueles primeiros dias. Às vezes, levava para casa algum rapaz de uma aldeia vizinha, atraindo-o com a promessa de trabalho, mas esses banquetes eram poucos e espaçados. Você fazia de tudo para caçar suas presas quando eu estava dormindo, sem querer me deixar sozinha por longos períodos, mas eu me entretinha com explorações sempre que acordava com a casa vazia.

Cada pintura, cada pedra cuidadosamente posicionada na cornija da lareira me encantava. Era um requinte muito além da minha imaginação, e tudo era meu para possuir e comandar. Não que houvesse muito para comandar naquela casa sem criados, sem convidados, sem outras criaturas vivas além de nós dois. Mas era um grande prazer reorganizar os móveis, tirar o pó da prataria ancestral e imaginar que um dia eu seria a anfitriã de um grande jantar.

Nenhum cômodo era inacessível, exceto o salão de banquetes, no qual eu só podia entrar acompanhada e com autorização. Certo dia, depois do meu olhar mais doce e suplicante, você se sentiu particularmente generoso e me concedeu o direito de entrar ali.

"É um santuário", você explicou na porta, muito sério. "Entrar aqui é um privilégio. Não toque em nada, Constanta."

Assenti em silêncio, praticamente vibrando de empolgação.

Algum dia, o cômodo deve ter sido utilizado para oferecer banquetes luxuosos e entreter a nobreza em suas viagens. Mas você tinha afastado as cadeiras de espaldar alto e quase todas as mesas para abrir espaço para os seus tão amados objetos.

Na época, eu não sabia o nome de nada daquilo, mas agora sei que estava olhando para béqueres, ábacos, bússolas mecânicas e astrolábios. Todo tipo de ferramenta médica e científica, rudimentar ou avançada, da Grécia, da Itália, da Pérsia, das vastas extensões do império califado e além. Tudo estava disposto em pilhas reluzentes sobre resmas de pergaminho. Alguns tinham sido bastante usados, outros pareciam não ter sido tocados no último século.

"O que é isso tudo?", indaguei, minha voz ecoando no salão imenso e vazio. Tudo naquele castelo fazia a palavra mais ínfima parecer uma perturbação enorme no ecossistema que você construíra.

"O melhor que este fim de mundo tem a oferecer", você respondeu, afastando um diagrama das constelações. "Vivemos em uma época tão grosseira, Constanta. As maiores mentes da Europa não conseguem decifrar as doenças ou as equações mais simples. Os persas mapearam o curso do sangue pelo corpo. Eles operam o fígado de homens vivos e realizam proezas de engenharia que parecem alquimia para olhos destreinados. Os gregos e os romanos conheciam ciências que se perderam no tempo."

"Mas para que tudo isso?"

"Para desvendar os mistérios do corpo. Para catalogar o animal humano e descobrir seus meandros."

"Não sabia que você tinha tanto interesse em humanos", murmurei, lembrando a mim mesma que não estava mais entre eles. Os seres humanos eram criaturas menos evoluídas, de acordo com o que você tinha me explicado; abominações miseráveis de vida curta, apropriadas apenas para comida e diversão, nada muito além. Com certeza não para fazer companhia a alguém. Você me alertou para não fazer amizades fora de casa, pois elas só me trariam desgosto.

"Eu me interesso pela minha própria condição, portanto devo me interessar pela deles", você respondeu, passando o dedo sobre uma página coberta por uma caligrafia intrincada. Naquela época eu ainda não sabia ler, mas reconheci os desenhos de pés e mãos humanos e um esboço rudimentar do que parecia ser um coração. "Você não se pergunta que poder nos vivifica depois da nossa primeira morte? O que nos concede essas vidas longas em que não há envelhecimento?"

O corredor frio me causou um pequeno arrepio. Na maior parte das vezes, eu tentava não pensar muito sobre isso.

"Não consigo nem imaginar, meu senhor. Não há outro criador senão Deus, então Ele talvez tenha forjado o primeiro vampiro do barro da Terra. Em vez de misturar o barro com água, misturou com sangue."

Sempre fui devota, às vezes beirando a superstição. Minha segunda vida não mudava isso; apenas ampliava meus horizontes existenciais.

Você sorriu para mim. Um sorriso condescendente. Quase de pena.

"As histórias de ninar do seu padre não são capazes de explicar nossa existência. Se somos o triunfo da natureza ou sua grande vergonha, ainda não sei, mas mesmo assim há rima e uma razão para nossas fomes. Para nossos corpos e seus processos. Pretendo desvendar isso, compreender e mapear nossa condição."

"Para quê?", perguntei. Era difícil evitar as perguntas, embora estivesse aprendendo que mais de duas seguidas costumavam lhe causar irritação. Como esperado, vi um lampejo de aborrecimento nos seus olhos. Mas você suspirou e respondeu como se eu fosse uma criança importuna.

"Poder, óbvio. Conhecer a si mesmo, seus limites e habilidades, é uma forma de poder. Saber a melhor forma de subjugar outro indivíduo que também tem habilidades semelhantes."

Meu coração martelou. Suas palavras eram como feixes de luz que transpassavam a escuridão de um túmulo, a promessa de vida no mundo lá fora.

"Outro? Existem outros iguais a nós, meu senhor?"

Você nunca tinha mencionado mais ninguém. Falara de nós como se fôssemos as duas únicas criaturas do tipo no mundo, como se o destino tivesse nos escolhido a dedo para encontrarmos um ao outro.

"Nunca há apenas dois de qualquer espécie. Pense em como gerei você, Constanta. Você viu em primeira mão a forma como nascemos."

"Isso significa que eu poderia gerar outro ser?", perguntei, pressionando a mão no abdômen, perplexa. É um velho hábito, associar o nascimento ao útero. Mas não era um parto que eu tinha em mente.

Você me lançou um daqueles seus olhares de avaliação.

"Não, pequena Constanta. Você é jovem demais. Seu sangue é muito fraco. Levaria mil anos para você ser capaz de sequer tentar. Gerar é um poder difícil. É melhor deixar para aqueles que são capazes de lidar com essa responsabilidade."

Minha cabeça girava com tantas informações novas, tão cheia de perguntas quanto aquele lugar estava cheio de bugigangas das suas viagens.

"Então isso significa que alguém gerou você", comentei, esforçando-me para acompanhar o pensamento. "Se está procurando nossa origem... Você foi feito exatamente como eu. Quem gerou você, onde está?"

"Morto", você respondeu, gesticulando para deixarmos a questão de lado. "Ele não era tão gentil quanto eu. Fui escravizado, então fui gerado para ser um servo eterno. Ele infelizmente não viveu muito depois disso."

Foi naquele momento que sua irritação se manifestou, alertando que era hora de eu me pôr no meu devido lugar. Eu estava lá para enfeitar a casa e acalmar sua mente, não para encher sua cabeça de perguntas. Agarrei minhas saias e fiquei quieta enquanto você falava sobre seus instrumentos, estudos e pequenas descobertas. Você foi me alimentando com fragmentos do que acreditava que eu estava pronta para saber, mas a ruga de aborrecimento ainda estava alojada entre suas sobrancelhas.

Você sempre odiou quando ultrapassei os limites cuidadosamente traçados do meu conhecimento.

Provavelmente porque gostava muito de me tentar com a promessa de revelação, mantendo-a sempre fora de alcance, da mesma forma que os marinheiros tentavam os gatos com arenque para fazer com que dançassem para ganhar o jantar.

erguntas. Eu tinha tantas perguntas. Deveria ter feito todas. Deveria ter te desgastado como água pingando na pedra até aprender tudo que você sabia. Mas, entenda, eu era só uma menina. Estava sozinha e amedrontada. Não tinha mais casa.

Agora é fácil eu me odiar pela ignorância, com a retrospectiva de séculos de história, mas naqueles primeiros anos eu só pensava em sobreviver. E acreditava que a melhor maneira de sobreviver era me entregar a você com abandono e adoração totais. E, meu Deus, como eu te adorava. Estava além do amor, além da devoção.

Eu queria me arremessar contra suas rochas como uma onda, obliterar meu velho eu e ver o que renasceria, renovada e reluzente, da espuma do mar. Minhas únicas palavras para descrever você naqueles primeiros dias eram *mergulhar do penhasco* ou *mar primordial, estrelas frias como cristal* ou *extensão da escuridão do céu*.

Mergulhei profundamente na sua psique, revirando cada palavra que você me dava como se fosse uma joia. Procurando sentido, procurando o mistério que era você. Eu não me importava de me perder no meio do caminho. Queria ser levada pela mão até o seu mundo, queria desaparecer no seu beijo até que não fosse mais possível distinguir um do outro.

Você transformou uma garota determinada em uma ferida pulsante de carência.

Antes de você, eu não sabia o que significava *fascínio*.

O primeiro visitante que recebemos na casa também foi o último e, embora ainda pareça traição, até hoje me lembro com carinho daquele prenúncio de desgraça. Talvez fosse porque eu não falava com nenhuma outra pessoa havia décadas, talvez até um século. Estava com fome de ouvir algo além dos gritos roucos das vítimas que você trazia para casa, para me ensinar a matar. Àquela altura, eu estava familiarizada com a veia jugular, o rio delicado que acompanha a ulna, no antebraço, e com a artéria femoral, que acena escondida na almofada macia da coxa. Mais familiarizada do que com uma conversa agradável.

Foi por isso que fiquei tão assustada quando bateram à porta naquela noite inebriante de verão. O sol mal se escondera no horizonte e eu ainda estava atordoada de sono, mas joguei o robe por cima da camisola e desci as escadas. Não achei você em lugar algum, então assumi meu papel de dona da casa e abri a porta.

Ele se arrastou para a penumbra da casa, uma figura envolta em uma capa oleada e rígida. A bainha das suas vestes arrastava no chão, espalhando sujeira pela entrada. O mais notável era que, sob o chapéu preto de abas largas, ele usava uma máscara misteriosa de bico comprido, no estilo italiano, tão surrada que parecia que tinha sido arrastada por uma zona de guerra.

"Posso ajudar?", perguntei, sem saber o que dizer. Não era um peregrino, tampouco um pedinte, e com certeza não era alguém da aldeia mais próxima. Cheirava a águas estranhas, ervas secas e à lenta podridão da doença. O cheiro de doença acelerou meus batimentos cardíacos, inflamando instintos de autopreservação profundamente enraizados. Os vampiros aprendiam a temer o cheiro da infecção ainda no início das segundas vidas, para evitarem refeições que poderiam apodrecer no estômago. Não morremos de doenças, mas o sangue infectado apodrece as refeições.

O estranho, muito educado, balançou a cabeça para me cumprimentar.

"Procuro o senhor desta casa, senhora."

"Ele não pode falar agora."

As palavras eram um roteiro fácil que você havia estabelecido para mim logo no início do casamento. Eu deveria dispensar todos os visitantes e não questionar sua decisão.

"É urgente. Por favor."

Sua voz ecoou no salão vazio, comandando sem precisar elevar o tom:

"Ele pode entrar, Constanta."

Virei-me para você, que surgiu no topo da escada, alto, lindo e terrível. Eu sempre ficava impressionada quando o via pelos olhos dos outros, contemplando-o como se fosse a primeira vez. Você desceu os degraus de pedra com uma determinação lenta e dolorosa, e não falou nada até parar na frente do visitante. Então exigiu:

"Diga."

O estranho se curvou em uma mesura educada, mas superficial. Estava acostumado a lidar com a alta burguesia, mas também habituado com a pressa.

"Senhor, vim tratar de um assunto de grande urgência. Sou um médico de..."

"Tire isso", você interrompeu, apontando para a máscara. "Se vai se dirigir a mim, que o faça direito."

O estranho hesitou, erguendo a mão até o rosto antes de se deter.

"Senhor, é uma proteção contra doenças, uma ferramenta do meu ofício. Afasta o miasma."

"Não há miasma nesta casa, nem qualquer tipo de doença. Nós parecemos doentes para você? Somos os únicos aqui. Tire."

O médico vacilou, mas acatou o pedido e soltou as tiras de couro que prendiam a máscara. Quando ele segurou a máscara, foram reveladas as flores secas que enchiam o bico. Hortelã, lavanda e cravo triturados se espalharam ao redor das suas botas.

Ele era mais jovem do que eu imaginara, e seus olhos brilhantes e suas bochechas coradas ainda exibiam um aspecto primaveril. Não devia ter mais de vinte anos, e seus cachos castanhos precisavam de um corte. Não fosse pelo brilho determinado nos olhos, que eram salpicados por manchas escuras como hematomas, teria parecido angelical.

O dulçor pungente de lavanda flutuou até mim junto do tempero sedutor do seu sangue, intensificado sem a barreira da máscara. Você sem dúvida ordenou que ele mostrasse o rosto para afirmar seu poder, mas também porque assim seria mais fácil quebrar o pescoço dele ou enfiar os dentes naquela garganta macia.

"Sou um médico do corpo, formado em Roma e enviado aqui para Bucareste", explicou ele, a voz soando um pouco mais baixa agora que vocês se entreolhavam. O rapaz precisava erguer os olhos para se dirigir a você. "Servi em boas casas e nos casebres dos menos afortunados, diagnosticando doenças e administrando remédios."

"Muito impressionante. Mas qual urgência você tem comigo?"

O rapaz engoliu em seco. Havia medo em seus olhos. Mas não de você.

"Vim dar a notícia de uma doença que se espalha feito um rastilho de pólvora por toda a região. Os médicos de Bucareste não são rápidos o bastante para combatê-la, e fizemos tudo que estava ao nosso alcance para impedir a propagação, mas lamento dizer que não fomos bem-sucedidos. A doença atingiu as cidades do entorno. A sua cidade, senhor. Só hoje vi cinco casos logo além destes muros. Pedi que lhe enviassem uma carta com urgência, mas ninguém na cidade aceitou..." Ele parecia aflito, sem saber como proceder. "As pessoas são supersticiosas e..."

"Acham que sou um demônio que mata bebês", você completou, dando um sorriso cordial. "Estou ciente. Como eu disse, não recebemos muitos visitantes. A situação deve ser de fato terrível para você vir pessoalmente."

O médico segurou com mais força o cajado que carregava.

"É grave. Achei que você, como soberano da região, merecia saber. Não sei como é sua relação com as cidades menores, mas o povo fala como se você fosse seu senhor. Descobri que se um governante age rápido em tempos de peste, às vezes a catástrofe pode ser evitada."

Um leve sorriso brotou em seus lábios. Como um gato satisfeito ao constatar que o rato estava tentando sobreviver.

"E o que quer que eu faça?"

"Use sua influência para espalhar a notícia. Diga às pessoas que evitem os mercados ao ar livre, as fossas e os montes de lixo. Elas não devem respirar o ar sujo, pois isso vai infectar seus corpos. Aqueles que sucumbem devem ser rigorosamente isolados na cama."

Você balançou a mão, dispensando a conversa e já se afastando dele. Dei um passo à frente, pronta para levar o convidado à porta.

"Essas pessoas não respondem a mim. Deixe que elas mesmas se resolvam."

O médico deu alguns passos na sua direção, e quase pensei que fosse segurar seu braço, como se você fosse um mercador comum. Aquele homem era corajoso.

"O senhor tem riqueza e recursos tão vastos. Se auxiliasse as pessoas, elas o veriam como um salvador, um benfeitor. Isso com certeza consolidaria a lealdade que sentem, o que sem dúvida seria útil para o senhor. O senhor mesmo disse que vive sozinho com a senhora nesta casa tão grande. Talvez pudesse doar uma ala para médicos e freiras que cuidam de doentes, ou mesmo uma guarita."

"Tem certeza de que não é um homem santo que veio me ensinar sobre os pecados do excesso? É para Constanta que você deve pleitear seu caso de caridade. Ela é a única nesta casa que se aflige pela piedade."

"Fui educado por monges", murmurou o médico. "Eles têm bons argumentos. Mas não ouso pedir que sacrifique seu conforto, apenas que dê o que não agrada ao senhor..."

"Basta", veio sua interrupção, com um gesto sutil para mim, indicando que eu deveria dispensá-lo. "Tenha um bom dia. E não volte mais."

Juntei as saias e comecei a guiar o convidado à porta, mas a raiva ultrapassou o bom senso e a língua dele.

"O senhor não agiria assim se visse o que está acontecendo com seu povo. Os furúnculos que surgem de forma misteriosa e depois apodrecem e escurecem em questão de horas. Crianças vomitando sangue enquanto idosos perdem o nariz por gangrena. Jovens saudáveis mortos em um dia! Não pense que suas paredes de pedra vão protegê-lo da peste. O senhor precisa se preparar."

Você se empertigou, sombreado por um dos arcos de pedra da casa.

"Furúnculos?", você repetiu.

"Em alguns casos, sim. Ou melhor, inchaços no pescoço, nas axilas, na virilha..."

"Quer me acompanhar ao gabinete?", veio de repente a pergunta, e vi um lume estranho e urgente nos seus olhos. Eu e o médico trocamos um olhar abismado com a repentina mudança de temperamento, mas você insistiu. "Por favor. Quero ouvir mais sobre essa peste."

"Você ouviu o senhor", falei, conduzindo o convidado para a escuridão da casa. Ele caminhou sem protestar, mas estava com a boca contraída. Suspeita. Era inteligente demais para o próprio bem.

Guiamos o sujeito até o cômodo apertado, onde pergaminhos e uma escrivaninha jaziam praticamente abandonados. Você sabia escrever em mais línguas do que eu já tinha ouvido falar, mas não tínhamos muita oportunidade de conversar com mais ninguém.

"Você disse que foi educado no mosteiro?", foi sua pergunta, enquanto recuperava o pouco de tinta molhada que restava. "Então escreva para mim uma lista dos sintomas. Comece do início e vá até a morte. Não me poupe dos detalhes."

O médico pegou a pena, hesitante, e lançou um olhar cauteloso na minha direção.

"Para que eu possa observar os sinais de doença nos meus súditos", foi sua explicação, suave como a cera que se acumula em torno de uma vela gotejante.

O jovem médico assentiu com firmeza, feliz por ter uma tarefa de mérito diante de si. Ele rabiscou uma lista meticulosa enquanto você apoiava uma das mãos na mesa e lia por cima do ombro do rapaz. Ele parecia tão pequeno ao seu lado. Mais uma vez, fiquei impressionada ao perceber que ele não passava de um menino com alguma educação médica no currículo e um grande fardo para carregar.

"Os sintomas nem sempre progridem da mesma maneira, mas se instauram depressa. Às vezes, esfregar uma cebola cortada nas feridas desencoraja a infecção, e já vi uma poção de Vinagre dos Quatro Ladrões ser bem-sucedida. Mas não há cura perfeita, senhor, e muitos morrem antes que o tratamento possa ser administrado."

"Interessante", você murmurou, pegando o papel. Pude ouvir na sua voz que você não tinha interesse na cura, apenas na doença. O médico assistiu, atônito, enquanto você absorvia cada detalhe, acompanhando a lista ao passar a unha pela página. Eu me aproximei, sentindo uma mudança sutil no seu humor.

O vento havia virado. Você chegara a alguma conclusão.

"Quem na aldeia sabe que está aqui?", você perguntou ao rapaz, sem tirar os olhos do papel.

"Ninguém, senhor", foi a resposta, e meu estômago afundou. Um rapaz sincero. Um tolo. "Vim sozinho, por vontade própria."

"Que bom", você largou o papel e sorriu para ele. "Que bom."

Você partiu para cima dele antes que o rapaz tivesse tempo de gritar, segurando o cabelo e puxando a cabeça dele para trás, de forma a expor seu pescoço. Dentes rasgaram a carne como uma agulha na seda, e você o segurou com firmeza conforme bebia avidamente, ignorando o chiado e o gorgolejo. Uma traqueia rasgada, enchendo-se depressa de líquido. A máscara caiu no chão e derramou flores aos seus pés. O sangue escorreu do pescoço aberto até as flores, e minha boca se encheu de água quando senti o cheiro pungente de ferro.

Àquela altura, eu já estava bem familiarizada com a violência, mas mesmo assim fiquei de estômago embrulhado. Achei que você o deixaria viver. Mas era só uma esperança minha.

Você o empurrou para cima da mesa, limpando a boca com um lenço de renda enquanto ele ofegava como um peixe se contorcendo no anzol.

"Beba, Constanta. Vai precisar estar forte."

Os nós dos meus dedos foram ficando brancos conforme eu apertava a saia do vestido e observava o menino sangrar devagar. Seu sofrimento era uma tentação, porém, por mais que eu quisesse lamber a poça de sangue que só aumentava na mesa, uma questão mais urgente ardia dentro de mim.

"Ele é o único médico dessa gente", consegui dizer, ignorando os roncos do meu estômago. "Sem ele, o povo vai sucumbir à peste. Por que matá-lo?"

"Porque ele é muito inteligente para viver e causa problemas demais. Quando os aldeões souberem que veio pedir ajuda ao aristocrata sem coração, quando todos começarem a morrer e nenhuma ajuda vier das colinas, o povo se voltará contra nós. Se acharem que saquear meus cofres vai garantir sua salvação, eles vão invadir a casa, mesmo semimortos e atormentados pela peste. Já vi isso acontecer."

O médico apertou a mão trêmula sobre o buraco no pescoço, o sangue escorrendo por entre os dedos. Ele lançou um olhar suplicante para mim, e sua boca formava palavras emudecidas.

"Ainda há vida nele", declarei. "Ele ainda pode viver."

"Não depois do que viu aqui. Acabe com ele se quiser comer esta noite. Não teremos como parar na estrada para comer."

"Na estrada?", repeti, quase gritando. A sala começou a girar cada vez mais rápido. De repente, eu estava com muita fome.

"Vamos embora", você anunciou, já porta afora e subindo as escadas. "Hoje à noite."

Engoli o choro e sufoquei a fome que me subia pela garganta. Então minha determinação cedeu. Soltei um grunhido baixo e infeliz e me joguei no corpo do médico, que ainda respirava. Fechei a boca em torno da ferida avermelhada e segurei firme enquanto ele convulsionava e se debatia. Sangue quente inundou minha boca em jatos cada vez menores até que, enfim, ele estava morto sobre a mesa.

Esfreguei a boca com a bainha da manga, as lágrimas ardendo, e, esmagando as flores manchadas de sangue sob os meus pés, deixei o cômodo às pressas.

No andar de cima, você jogou nossos pertences em alguns baús grandes. Sapatos, vestidos, agulhas de costura e grampos de cabelo. Todos embalados meticulosamente, como se estivessem sendo levados ao mercado para venda.

"Vá desamarrar os cavalos", você mandou. "Traga-os para a carruagem."

Você sempre manteve um par de éguas pretas fortes, substituindo-as ao longo das nossas vidas por animais idênticos. Por mais que amasse a inovação, você preferia que sua vida doméstica permanecesse inalterada.

"Por que vamos fugir?", perguntei, ainda um pouco exausta da refeição fresca. A barriga cheia de sangue sempre me dava vontade de tirar uma longa soneca. "Nós não pegamos doenças, nem morremos. Você mesmo disse isso. Estamos a salvo."

Você parou o que estava fazendo e respirou fundo. Então olhou para mim, os olhos tão escuros e assombrados que quase recuei.

"Já vi isso antes. As pestes vêm e passam, Constanta, depois voltam. São uma das grandes constantes da vida. Não vamos sucumbir à doença, mas acredite quando digo que não queremos estar aqui quando atingir a cidade. Não queira ver o que acontece com a civilização quando metade da população está morrendo nas ruas."

Por instinto, levei a mão à boca, como se quisesse afastar o miasma.

"Mas com certeza não seria *metade*..."

Você bateu a tampa do baú, fechando-o com força.

"Eu era menino quando aconteceu em Atenas. Mas conheço minha mente, não consegui esquecer o que vi, mesmo depois de mais de cem anos de vida, de mil. Vamos embora. Termine de fazer as malas."

Fugimos durante a noite, em uma carruagem barulhenta e cheia de pertences valiosos.

Aqueles anos são uma mancha lúgubre na minha memória. Tudo parece embaçado e oco. A peste não drena só as vítimas; drena a vitalidade de cidades inteiras. Ela paralisa o comércio, degrada as paróquias, proíbe o amor e torna a criação dos filhos uma dança com a morte. Os dias nas enfermarias passam em um redemoinho cinzento. O tempo da peste é diferente, se estende e se assoma. Confesso que me lembro pouco das décadas que passamos fugindo de cidade em cidade, em abrigos instáveis, até que a doença inevitavelmente chegasse aos portões de onde estávamos.

Mas, por fim, a peste se extinguiu. Conseguíamos passar mais tempo nos lugares, e parei de sentir aquele cheiro horrível no sangue de todas as minhas vítimas. Finalmente era hora de escolher um novo lar, criar raízes e reconstruir nosso pequeno império de sangue e ouro.

Seu olhar perspicaz pousou em Viena, que se tornou nosso destino.

Para a minha mente provinciana, Viena era um turbilhão de cores e sons, muito mais gentil conosco do que a Romênia havia sido. Chegamos em 1452, um ano intenso e cheio de novidades; uma das poucas datas das quais me lembro com clareza. A cidade festejava um imperador austríaco do Sacro Império Romano-Germânico, celebrando suas próprias proezas políticas e mercantis, pois era um importante centro comercial.

Você comprou uma das belas casas na praça do mercado, com um ouro que eu nunca descobri de onde viera e cujo gasto eu jamais consegui acompanhar, e a encheu de confortos modernos. De repente, a cidade me dominou, apinhada de costureiras, criadas, joalheiros e açougueiros. Eles eram chamados à casa para tirar medidas para vestidos e entregar móveis finamente trabalhados e iam embora tão rápido quanto chegavam, embora meu coração nunca parasse de palpitar quando alguém batia à porta.

Eu já estava tão acostumada à sua companhia que me esquecera de como era empolgante andar entre humanos, mas Viena me trouxe de volta à vida. Dava para ver no espelho um novo brilho nos meus olhos, o fantasma de um frescor nas minhas bochechas mortas. Era como se apaixonar de novo, só que em vez de me apaixonar pelo senhor da morte, agora eu estava apaixonada pela fervilhante e gritante vida que pulsava fora de casa. Passei a acordar mais cedo para poder me empoleirar na cama, a salvo da luz forte que entrava pelas janelas, e observar as pessoas correndo para o jantar em suas casas.

Você não ficava impressionado com as crianças gritando pelas ruas, nem com as lavadeiras chamando umas às outras na praça da cidade a qualquer hora do dia. Só tinha olhos para a universidade e passava horas assombrando as salas de aula, carregando o caderno nas mãos manchadas de tinta. Ainda não sei muito bem o que você estudava; mapas, ábacos ou cadáveres exangues, os quais você podia apreciar com mais lucidez. Mas você escapulia ao anoitecer para assistir ao máximo de aulas noturnas possível, então voltava pensativo, franzindo as sobrancelhas.

Naqueles dias, nós caçávamos juntos, sua silhueta alta me seguindo pelos becos estreitos, tão perto quanto uma sombra. A cidade inteira era nosso campo de caça, e havia fartura de refeições nos cantos mais escuros de Viena. Você preferia mulheres bonitas de olhos inocentes e esperançosos, ou rapazes que deslumbrava com sua inteligência nos círculos de bebida dos universitários. Mas eu, que não tinha superado minha sede de vingança, atacava apenas os membros mais perversos da sociedade. Homens que eu pegava cuspindo em crianças pedintes ou que agarravam o braço de uma trabalhadora com tanta força a ponto de machucar. Eu reservava um sadismo especial para violadores e espancadores. Via-me como o adorável anjo do julgamento de Deus que lançava a espada da ira divina nos merecedores.

Você zombava das minhas aspirações, cínico como sempre.

"Nós não somos árbitros da justiça, Constanta", foi o que você me disse depois que larguei o corpo drenado de um agressor em uma fossa. Um magistrado, conhecido na cidade por roubar do livro-razão e, em casa, arrastar a esposa pelos cabelos quando ela o desagradava. "Quando vai desistir dessa cruzada ridícula?"

"Com certeza não é ridícula para a mulher que agora não precisa mais se encolher de medo dele", respondi, pegando o lenço que ele me oferecera e limpando a boca.

"Sem a renda do marido, ela não ficará sem um tostão para viver?"

Você estava sendo do contra, e tentei ignorar a provocação.

"E, agora que ele está morto, não é ridículo para os pobres, que não serão mais ameaçados de indigência."

"'Os pobres, sempre os tendes convosco'. Não é isso que seu Cristo diz?", você rebateu, cheio de escárnio.

Eu me retraí. Vindo de você, uma palavra inesperada e dura era tão desconcertante quanto ser estapeada por qualquer outro homem, e seu temperamento andava cada vez pior. Viena deixava você irritado, mas me fazia florescer. Só depois de muito tempo fui entender que sua irritação era *exatamente* porque eu estava florescendo, porque, de repente, havia uma porção de outras fontes de alegria na minha vida além da sua presença.

"Por que não posso fazer minhas refeições como prefiro? Você faz. Tantas mentes arruinadas no auge da juventude..."

"Está me criticando?", você perguntou, usando um tom de voz mortalmente baixo. De repente, você estava perto demais, assomando-se sobre mim de uma forma que em geral me fazia sentir protegida, mas naquele momento tinha um efeito bem diferente.

Cambaleei para trás, e minha panturrilha bateu em uma pequena caixa, cheia de repolho podre.

"Não. Não, óbvio que não", respondi, sentindo a garganta apertada. Era a voz de uma menina assustada, não a de uma mulher.

"Que bom." Você estendeu a mão para mim e de repente seus olhos estavam gentis mais uma vez, e sua voz saiu doce e suave. "Não fique tão triste, querida. Vamos buscar novas diversões. Um espetáculo itinerante está passando pela cidade. Gostaria de ver?"

Dei um sorriso inquieto, mas, ao mesmo tempo, encantado. Eu estava tomada por uma paixão voraz pelo teatro desde nossa mudança para Viena e sempre me esforçava para ver trechos das apresentações populares dos autos de moralidade em qualquer multidão. Mas você não tinha paciência para os entretenimentos comuns e sempre reclamava que, depois da queda de Atenas, os humanos tinham perdido o tino para as artes dramáticas. Um espetáculo itinerante colorido, à luz da fogueira, era bem o que eu chamaria de uma noite divertida, mas duvido que isso sequer contasse como distração para você.

"Sim, eu adoraria."

Você deu um sorriso benevolente e passou o braço ao redor da minha cintura, me afastando da minha vítima e me guiando para uma noite de comedores de fogo e adivinhação. Fiquei fascinada com a graciosidade e com o talento dos artistas, mas não conseguia evitar um ou outro olhar nervoso na sua direção. À luz da fogueira, em alguns momentos você parecia outra pessoa. Havia uma escuridão nos seus olhos e uma tensão na sua boca que eu não tinha notado antes. Ou talvez não quisesse notar.

Há outras sombras no brilho das minhas memórias de Viena. Na época, eu não percebia a intensidade do seu desprezo pela companhia humana. Uma bordadeira ia à casa para fazer bordados intrincados nas bainhas das minhas mangas e nos corpetes dos meus vestidos, uma jovem de olhos brilhantes que tinha praticamente a mesma idade que eu quando você me reivindicou. A risada de Hanne era jovial, sua pele era negra e ela sempre prendia seus cachos em um coque. Era inteligente, adorável e criava paisagens inteiras com pequenos pontos de linha.

Passávamos o tempo juntas, aproveitando a companhia uma da outra, e passei a convidá-la para me visitar com cada vez mais frequência, sempre inventando alguma almofada ou camisola que eu queria decorada. Compartilhávamos histórias, segredos e risadas enquanto ela trabalhava. Eu me esforçava para preparar pratos de queijo e maçãs para ela, mesmo que àquela altura tivesse começado a perder o gosto pela comida mortal. Acho que poderia tê-la amado, se tivesse tido a chance.

"Quem era essa?", você me perguntou um dia, muito seco, depois que ela saiu. Eu a observava da janela da sala, admirando como a capa verde farfalhava em torno dos pés dela.

"Hanne?", perguntei, despertando do devaneio, assustada. Você com certeza sabia o nome e o ofício dela. Você sempre estava em casa quando ela visitava, trancado no laboratório do porão, ou lendo no nosso quarto, no andar de cima.

"E Hanne é o que para você?", você indagou, cuspindo o nome dela como se fosse um palavrão.

Eu me retraí, pressionando as costas no fino bordado da cadeira.

"Ela é minha... bordadeira. É minha amiga..."

"Você está acometida por uma paixonite constrangedora por essa garota humana e fraca", você retrucou, cruzando a sala. Então pegou e olhou com desprezo para uma almofada que ela cobrira de margaridas e um pássaro canoro. "Uma mascate de futilidades."

Você jogou a almofada no divã ao meu lado com um pouco mais de força do que era necessário.

"Por que isso de repente?", perguntei. Meu coração batia forte, e minha respiração era rápida e superficial. Sentia como se tivesse perdido um passo crucial na nossa dança.

"Você quer fugir e viver uma vida rústica com ela no seu casebre, é isso?"

"O quê? Não! Meu senhor... Eu nunca... Eu te amo! Só você tem meu coração, só você."

"Não me venha com justificativas", foi sua resposta, passando de enfurecido para exausto. Seus ombros caíram, e as sobrancelhas se desfranziram em uma expressão ressentida. De repente, você pareceu muito triste, como se estivesse se lembrando de alguma tragédia.

Hesitante, eu me levantei da cadeira e cruzei a sala.

"Eu nunca deixaria você, meu amor. Nunca em toda a minha segunda vida." Seus olhos estavam cheios de dor e de suspeita, mas você me deixou estender a mão e pressioná-la com gentileza contra seu peito. "Juro."

Você assentiu, engolindo outras palavras traidoras que ameaçavam sair. Mas trairiam o quê? Haveria algum desgosto secreto no seu passado, uma dor solitária que você carregava?

"Aconteceu alguma coisa?", perguntei, baixinho. De repente, me senti inútil, como se houvesse uma profundeza de dor dentro de você que nem mesmo meu amor poderia explorar. Cicatrizes que você não me permitiria ver, muito menos curar.

Você suspirou e afagou minha bochecha, me lançando um olhar perscrutante. Então, como se tivesse se decidido, inclinou-se e beijou minha testa.

"Não é nada, Constanta. Peço desculpas pelo meu temperamento."

Então você saiu, deixando-me confusa e sozinha.

Você passou dois dias fora. Até hoje não sei para onde você foi. Não deixou nenhum aviso, nenhuma explicação, só pegou o chapéu e saiu quando eu ainda estava acordando. Lembro-me vagamente de ver sua silhueta sombria andando de ombros curvados pela praça da cidade. Você não deu nenhuma pista de quando voltaria, e, quando ficou claro que não tinha saído apenas para tomar ar ou resolver algum problema, o pânico começou a se instaurar dentro de mim. Eu não passara um dia inteiro sem você desde que fui encontrada, e, com um terror avassalador, percebi que não tinha ideia de quem eu era sem sua presença ao meu lado.

Você estava morto, decapitado, largado em algum lugar? Eu não sabia ao certo o que poderia matar criaturas como nós, mas você tinha a teoria de que uma decapitação daria conta do recado.

Eu tinha feito alguma coisa errada? Será que eu merecia seu abandono só pelo meu interesse por Hanne, pelo meu olhar errante para a cidade e seus encantos? Ruminei cada indiscrição minha, roendo as unhas até sangrar e vagando sem rumo de cômodo em cômodo. A cidade me chamava, e eu estava desesperada para não ficar sozinha, mas e se você voltasse e descobrisse que eu tinha saído? Eu falharia em outro dos seus testes misteriosos, provando o quanto era imperfeita? Mandei embora os artesãos que bateram à porta, até mesmo minha preciosa Hanne, com quem nunca mais falei. Sentia que fazer isso seria uma traição a você.

Ardi de desespero por dois dias. Comecei a suar frio, como se estivesse expelindo ópio do corpo. Eu me contorci na nossa cama conjugal, os lençóis grudando na minha pele pálida conforme o sofrimento rastejava pelo meu corpo, arrastando seus dedos escaldantes em mim. Rezei a Deus para abrir o céu e me encharcar com chuva suficiente para amenizar meu sofrimento, mas fiquei sozinha com minha febre doentia.

Então, tarde da noite do segundo dia, você chegou. Ficou parado na soleira da porta, com os ombros do casaco salpicados de chuva. Sua boca cruel estava avermelhada pelo frio, mais perfeita do que nunca.

Lancei-me aos seus pés e chorei até ficar vazia. Meu longo cabelo cobriu seus sapatos como um véu de luto. Você só me pegou no colo depois que eu comecei a tremer, e só então me puxou para um abraço e me envolveu na sua capa. Você alisou meu cabelo e me acalmou, me embalando como a um bebê.

"Está tudo bem, minha joia, minha Constanta. Estou aqui."

Eu o agarrei com força, deixando que você me pegasse como uma boneca e delicadamente me levasse para nosso quarto.

Para mim, você era como uma fogueira chamejando na floresta. Eu era atraída pela sua aura soturna e sedutora, por alguma coisa que ainda desperta lembranças de segurança, do outono, do lar. Eu tocava você com o toque que daria a qualquer outro homem, tentando fazer minha presença ávida ser reconhecida e criar intimidade entre nós. Mas era como agarrar uma chama. Nunca penetrei seu coração ardente, apenas saí de mãos vazias, com os dedos queimados.

Sempre que estávamos separados, você deixava seu perfume no meu cabelo e nas minhas roupas. Eu o sentia no vento, estremecia e ansiava por seu cheiro. Não conseguia pensar em nada além de você durante todo o tempo em que estava fora, até que voltasse para mim.

Estava feliz por passar incontáveis vidas perseguindo o calor que vinha de você, mesmo que a neblina estivesse ofuscando minha visão.

Às vezes, ainda acordo com o cheiro de fumaça.

F izemos de Viena nosso lar até 1500, quando chegou a guerra, minha velha inimiga. Solimão, o Magnífico, enviou fileiras reluzentes de soldados otomanos para tomar a cidade. As tendas coloridas sitiaram o lugar por meses a fio, sem se deixarem abalar pelas chuvas frias do outono. Viena estava dividida entre húngaros e austríacos, uma joia atraente para qualquer governante expansionista, além de uma moeda de troca bastante valiosa. Da noite para o dia, havia centenas de milhares de soldados nas fronteiras da cidade, e emissários foram enviados para negociar uma rendição.

O clima na cidade era de pavor. Rumores circulavam sobre os turcos estarem cavando túneis sob a cidade, e à noite ouvíamos explosivos sendo detonados ao longe, sacudindo as grossas muralhas defensivas.

O fervor religioso levou as igrejas a um frenesi, e, à noite, quando eu entrava na capela para rezar, muitas vezes ouvia sussurros abafados sobre o fim dos tempos. Minha piedade era esporádica, meio selvagem e às vezes atacava Deus com os dentes à mostra, mas outras vezes se aninhava junto à Sua providência amorosa como um gatinho. De qualquer forma, orar me equilibrava; falar sozinha ou com uma força superior me trazia paz.

O mundo que todos conhecíamos parecia estar chegando ao fim.

Você não temia os otomanos, suas armas e muito menos seus modos estrangeiros. Você admirava as habilidades táticas, as armaduras trabalhadas com requinte e elogiava os costumes deles quando conversávamos a portas fechadas, do mesmo jeito que falaria sobre os suecos ou os franceses. Você já vivera tempo demais para temer uma cultura mais que outra, tinha visto mais impérios caírem do que eu poderia imaginar que existiam. Guerra e desolação eram parte do decurso das coisas, assim como a reconstrução e o florescimento cultural inevitáveis que se seguiam.

"Talvez Viena se reconstrua", você refletiu junto à janela, observando cidadãos assustados passarem apressados enquanto o exército invasor se aproximava lá fora. "Talvez a cidade se torne um lugar onde a arte pode prosperar, ou um centro comercial digno da posição que tem."

Você não parecia preocupado com o custo humano que essa reconstrução exigiria.

As rotas comerciais de entrada e saída da cidade foram sufocadas pelos otomanos, e as mesas de refeição de Viena se tornaram mais e mais escassas, mas nós dois nos banqueteávamos todas as noites. O caos reinava nas ruas, e as pessoas estavam tão imersas nas próprias preocupações que mal reparavam quando alguém desaparecia. Mais jovens ficavam perambulando pelas ruas, inquietos e procurando briga. Você os recebia de braços abertos e até trazia alguns para a nossa cama, para brincar, antes de dar o bote.

Engordamos e nos refestelamos com o descontentamento da cidade, e você, muito discretamente, começou a retirar seu dinheiro dos empreendimentos vienenses e a sacar os investimentos em ouro. Outra mudança estava por vir. Não restava muito tempo.

Minhas matanças ficaram mais ousadas, mais indiscriminadas. A atmosfera frenética cobria meus rastros e me permitia acesso a homens cujos desaparecimentos teriam sido investigados minuciosamente. Fui atrás de magistrados, mantenedores da paz e mercadores ricos, todos corruptos. Rasguei a garganta de um homem que violara a própria filha e deixei o valor de um mês inteiro da mesada que você me dava ao pé da cama dela. Apunhalei um mercador que se aproveitava da guerra com uma das espadas que ele, muito satisfeito consigo mesmo, vendia para ambos os lados, então delicadamente bebi do seu pulso, bem ali, na ferraria. Era como me sentar no colo do meu pai, ainda criança, aconchegada pelo brilho do fogo da ferraria enquanto saboreava refeições simplórias.

Não era mais vingança. Era um expurgo, meu último esforço para limpar a cidade dos desgraçados que assombravam os cantos escuros. Eu não deixaria Viena nas garras deles. Apesar de você torcer o nariz para meu vigilantismo noturno, meu coração estava firme e determinado. Por que outra razão Deus permitiria que eu fosse parar nas suas mãos se não quisesse que eu usasse minha monstruosidade para servir ao bem de todos?

Comecei a me despedir da minha cidade amada com longas caminhadas ao entardecer, para tentar ter alguns vislumbres das cores, ver alguns habitantes antes que a noite caísse. Estava apaixonada por todos os paralelepípedos e todas as pontes, cada menino açougueiro e cada menina vendedora de flores. Para mim, Viena era a síntese perfeita da maravilha da vida urbana, e estremeci ao pensar que aquela cidade poderia ruir.

De todo modo, nós dois não estaríamos lá para ver.

Fugimos na calada da noite por um túnel subterrâneo pouco conhecido. Fugi com as joias costuradas no vestido, com bolsos secretos para guardar prata e ouro. Largamos tudo na casa: meus belos vestidos e sapatos, as almofadas de Hanne, bordadas com amor, seu equipamento científico que ficava no porão. Reconstruiríamos tudo ainda melhor do que antes na nova casa, você disse.

Fomos parados a um quilômetro e meio da cidade por um bando de soldados otomanos que patrulhavam as fronteiras do acampamento. Os homens brandiam lanças, mas acabamos com eles. Deixamos os corpos amontoados no chão, com sangue escorrendo pelas roupas e uma lança despontando do peitoral de um deles.

"Aonde vamos?" Eu ofegava, com dificuldade de acompanhar seus passos naquele vestido pesado. Achei que não aguentaria o peso, mesmo com minha força sobrenatural crescendo cada vez mais. A noite estava sem lua, e eu confiava mais na sua visão noturna do que na minha.

"Uma carruagem nos espera. Subornei todas as pessoas relevantes."

Você me puxou pelo pulso, quase me arrastando quando eu diminuía demais o passo. Passamos pelos bosques do entorno, e o som distante de explosões nas paredes de Viena nos impelia a seguir adiante.

"E depois?"

"Espanha. Tenho outro colega nos esperando lá."

Mais uma explosão, alta o bastante para sacudir o chão sob meus pés. Arquejei e corri. Doença, idade e um mero ferimento de faca não eram capazes de matar criaturas como nós, mas eu não tinha certeza se também era imune a ser explodida em pedaços.

A carruagem nos esperava, como você dissera, com homens encapuzados junto de dois cavalos pretos idênticos. O tipo de gente rude cuja lealdade podia ser comprada por uma semana ou duas, provavelmente salteadores.

Você abriu a porta da carruagem para mim e estendeu a mão enluvada, dizendo:

"Milady."

Deixei que me ajudasse a entrar e me apertei contra a lateral da carruagem, mantendo o rosto a centímetros da janela. Quando a carruagem partiu aos solavancos, vi a cidade encolher até se reduzir a nada, ficando para trás.

Daquela distância, as tochas que sempre ardiam ao longo da parede faziam parecer que Viena estava em chamas.

Parte Dois

S.T. Gibson

PACTO de SANGUE

SANGUIS PACTUM PARS SECUNDA

A viagem de carruagem durou dias. Nós cochilamos nas horas de sol e nos distraímos com conversas tranquilas ou atividades solitárias à noite. Você foi ficando mais retraído à medida que nos aproximamos da fronteira espanhola, consultando várias vezes as anotações e as cartas que mantinha enfiadas na caderneta. Eu queria perguntar sobre quem íamos encontrar na Espanha, mas teria sido respondida com uma negativa educada ou, pior ainda, com um lampejo da sua irritação imprevisível. Já tinha aprendido que era melhor não inquirir sobre seus planos, já que eu não tinha voz nas escolhas. Era melhor seguir ao seu lado como a bela consorte silenciosa, atenta a tudo e a todos, sem exigir nada de você.

Eu sabia que passaríamos algumas noites com um dos seus muitos parceiros de correspondência, um nobre espanhol de certa grandeza que o deslumbrara com uma filosofia política implacável.

"Uma versão moderna de Maquiavel." Foi tudo que você murmurou enquanto relia as cartas, em parte para mim, em parte para si mesmo.

Ela não era o que eu esperava.

Magdalena insistiu em recebê-lo no instante em que você chegou e estava esperando por nós do lado de fora da casa, ladeada por criados. Era uma das mulheres mais estonteantes que eu já vira, com traços delicados, maçãs do rosto proeminentes e lábios finos e macios, tudo emoldurado por cachos pretos. A pele marrom clara era realçada por uma cor forte nas bochechas — ruge, provavelmente, mesmo sendo impróprio para alguém da posição dela. Usava cetim preto enfeitado com seda carmesim, e os olhos escuros brilharam como adagas quando viram você. Ela esboçou um sorriso.

Era absoluta e dolorosamente linda. Senti meu coração despencar pelas costelas e bater no chão.

"O que é isto?", sussurrei para você, aterrorizada.

Você desviou os olhos dela apenas por tempo suficiente para trazer meu pulso até a boca e beijá-lo.

"Um presente, se você quiser. E alguns dias de prazer entre a alta sociedade, se não quiser. Sabe que eu amo você, não sabe, Constanta?"

"Outra mulher", falei, sentindo o nó da traição se formar na minha garganta. "Você tem outra mulher."

"Não seja ridícula. Tenho trocado correspondências com uma amiga querida, que está muito ansiosa para conhecer você. Eu nunca descartaria você, minha Constanta."

"Mas você nos colecionaria como enfeites?"

Você fez uma careta, endireitando os punhos da camisa e pegando o chapéu. Lá fora, os criados descarregavam nossa carruagem com presteza. Tínhamos apenas alguns momentos juntos antes de sermos lançados ao escrutínio da alta sociedade, silenciados só Deus sabia por quanto tempo pelas exigências do decoro. A visita inteira, talvez.

"Você nunca reclamou dos meus encontros, nem eu reclamei dos seus."

"Caçamos juntos", corrigi. "Tomamos amantes juntos, ou encontramos companheiros de cama para nos divertirmos por algumas horas sozinhos. Nunca tivemos um *affair*."

"O que eu e Magdalena temos também não é um *affair*. Nada de impróprio está acontecendo entre nós. Para ser franco, estou surpreso com essas suspeitas. Você está paranoica, Constanta. Precisa descansar. Deixe nossa anfitriã nos oferecer sua melhor hospitalidade, depois decida como se sente em relação a ela."

A familiaridade com que você dizia aquele nome me fez enrijecer, e me perguntei há quanto tempo ela era "Magdalena" para você, se você murmurava o nome dela com devoção enquanto lia cartas cheias de estratégia, política e sangue. Eu não sabia nada sobre essa mulher, exceto pela reputação de governante com mãos de ferro e que ela apreciava sua visão sobre o controle e o governo das províncias locais. Eu nem sabia como vocês dois tinham se conhecido. Era só mais um dos muitos detalhes da sua vida que você escondia com tanto zelo, proibindo-me a indecência de uma simples indagação.

"Vamos discutir isso mais tarde", você completou, mais gentil, enquanto beijava minha têmpora. "Sorria para os criados e seja educada com nossa anfitriã. Você ainda pode se surpreender com ela."

Não pude mais argumentar, porque as portas foram abertas, deixando entrar a luz tênue de uma lua crescente. Você cronometrara nossa chegada com perfeição, para que estivéssemos ali bem no instante em que o sol desaparecia no horizonte.

Engoli em seco e aceitei sua mão para me ajudar a sair da carruagem. Andamos de braços dados em direção a Magdalena, e me senti a criança favorita sendo presenteada com uma irmã adotiva que não sabia que tinha. Minha cabeça estava febril, girando. Há quanto tempo você falava tão intimamente com aquela mulher, e o que ela sabia sobre você, sobre nós? Deveríamos ser amigas, ou ela era uma vítima em potencial? Foi isso que você quis dizer com "um presente, se você quiser"?

O turbilhão de pensamentos parou bruscamente quando Magdalena fez uma reverência diante de mim, perto o bastante para que eu pudesse sentir o farfalhar das saias. Ela sorria para mim, com as pupilas arregaladas e encantadas, mas os olhos sempre se voltavam para você.

"Milady Constanta", cumprimentou ela, e pude notar que sua voz era sonora e musical. "Ouvi muitas coisas sobre a senhora. É um prazer."

Fiz uma mesura, rígida. Ela nos cumprimentava de igual para igual, embora você não carregasse mais seu antigo título de nobreza. Quem ela acreditava que você era?

"O prazer é meu, vossa excelência. Embora infelizmente não tenha ouvido falar muito sobre a senhora."

Lancei um olhar frio e venenoso para você, que respondeu com um sorriso tenso. Isso me renderia uma reprimenda mais tarde, mas você não levantaria a voz na presença dos outros.

"Milorde...", começou Magdalena, virando-se para você. A voz dela falhou. Óbvio. Eu sabia muito bem o que ela estava vendo pela primeira vez: olhos pretos como um corvo sobre um nariz forte e imperioso e uma boca que era uma declaração de guerra. A única coisa que o impedia de parecer assustador era o brilho divertido nos olhos, mais presente agora do que eu tinha visto em anos. A cavidade na base do pescoço de Magdalena oscilou quando ela respirou, hesitante, então a mulher baixou os olhos e fez uma reverência perfeita.

Para mim, a perfeição dela era torturante. Queria puxá-la para trás da carruagem e drená-la até secar.

"Vou orientar os criados", murmurei. Segurando as saias, fui até a carruagem, onde os serviçais de Magdalena passavam meus baús e embrulhos entre si. Fiz questão de dar ordens, sabendo que pelo menos esse luxo me era permitido na casa dela, e me esforcei para não olhar para vocês dois. Mas não consegui.

Olhei bem a tempo de ver você levar a mão enluvada de Magdalena à boca e dar um beijo demorado nos dedos dela. Você apertou a mão junto ao peito e murmurou alguma coisa, baixo demais para que eu ou qualquer um dos criados ouvisse. Os lábios de Magdalena se abriram com uma leve surpresa, os olhos brilhando.

Eu queria rastejar no que quer que estivesse florescendo entre vocês dois e viver lá. Essa também é a minha casa, eu queria gritar. Eu tinha conquistado meu lugar de direito na sua cama e não tinha sido consultada sobre convidar outra pessoa, não importa quão bonita ela fosse.

Os criados andavam de um lado para o outro com os olhos baixos, trabalhando com a eficiência de uma colmeia. Não gastei muito tempo com as orientações, e logo me vi de volta ao seu lado, encarando os olhos brilhantes de Magdalena. O tecido que espreitava através dos cortes nas mangas e na gola dura no pescoço dela era branco como a morte.

"Meus convidados de honra precisam conhecer a casa", anunciou ela, então bateu palmas, um gesto rápido. "Depois, vamos dançar e jantar."

Os criados se espalharam como um cardume, correndo de um lado para o outro para abrir portas e fazer preparativos. Eu nunca tinha visto uma casa tão eficiente. Impressionado, você arqueou uma sobrancelha para Magdalena, que sorriu de volta com recato.

Eu já me ressentia do relacionamento que via crescer entre vocês. Não sabia se queria toda a sua atenção ou a de Magdalena. Estava deslizando depressa para um turbilhão inebriante e escuro de ciúmes e desejo. Precisava de um copo d'água e uma sala silenciosa para sentar e esperar que o mundo parasse de girar. Mas não havia tempo. Fui levada pelo seu braço, com Magdalena trotando do outro lado como um terrier de dentes afiados.

"A casa está na minha família há cinco gerações", ela comentou logo que as pesadas portas de madeira se abriram, nos conduzindo para dentro. "É minha responsabilidade mantê-la, mas também é um prazer."

Eu ouvia o orgulho irradiando na voz dela enquanto observava as lindas tapeçarias e as paredes resistentes de pedra cinza, mas havia uma pontada estranha nas palavras dela que soavam quase como amargura. Talvez o prazer viesse com algum preço.

Os criados se espalharam conforme ela caminhava pela casa, todos mantendo os olhos no chão ou na roupa de cama dobrada que carregavam.

"São tão bem-treinados", você comentou, inclinando-se para Magdalena, mas em um tom fácil de ouvir.

Ela quase reluziu de satisfação.

"Como muitos dos meus contemporâneos, eles não estavam acostumados a receber ordens de uma mulher que não estivesse ligada a um homem, mas diligência e mão forte sempre quebram os maus hábitos."

Vocês dois compartilharam um sorriso particular, provavelmente lembrando algum comentário de uma das cartas.

"A senhora descobriu que a crueldade é uma ferramenta eficaz", comentei, casual, seguindo-a pelas abóbadas de madeira e pelos salões de pedra da casa ancestral. Magdalena lançou um olhar para mim por cima do ombro, erguendo uma sobrancelha.

"Sou firme, senhora, e entendo o que é autoridade. As pessoas só me chamam de cruel porque é mais fácil pensar que uma mulher é cruel do que competente. Com certeza a senhora consegue entender isso, não?"

Ela era inteligente, e eu queria sorrir, mas engoli o gesto traiçoeiro. Que seja inteligente, além de bonita. Não deveria deixá-la me agradar quando obviamente já agradava ao meu marido. Talvez de forma inapropriada.

Inapropriada. O absurdo da palavra me atingiu como um golpe, e quase zombei em voz alta. O que na nossa vida *não era* inadequado, se é que havia alguma coisa? Matávamos para viver, mentíamos, trapaceávamos e tínhamos amantes, vagávamos de cidade em cidade como fantasmas, drenando o dinheiro e o sangue da população. Não fazia um mês que tínhamos trazido dois rapazes da rua para casa e nos divertido com eles antes de drená-los na nossa cama conjugal. Eu renunciara ao que era *apropriado* quando renunciei à minha capacidade de comer comida mortal, de caminhar livremente ao sol.

Então por que o meu coração doía sempre que você olhava para ela?

Rezei para que tivéssemos um momento a sós antes do jantar. Para brigarmos, para nos reconectarmos, eu não sabia. Só precisava de você sem fachada, em particular. Mas meu desejo não se realizaria.

Fomos separados e conduzidos a cômodos diferentes, onde nos vestimos para o jantar. O estilo nas ruas de Viena era mais solto, mas eu agora estava vestida no estilo espanhol, em tecidos sóbrios e escuros, com joias na cintura e rufos no pescoço. A aristocracia era implacável quando se tratava de ares e graças, você me contara, e não hesitaria em zombar ou excomungar qualquer um que não levasse o decoro a sério. Eu deveria me comportar bem, lembrar de tudo que você havia me ensinado sobre a alta sociedade e manter a boca fechada caso não conseguisse lembrar as lições.

Assim, antes que eu tivesse um instante para recuperar o fôlego, fui amarrada em uma confecção de brocado e conduzida à barriga da besta.

O salão de baile continha vinte ou trinta membros da nobreza. Seus contemporâneos, como ela chamara. Vagavam pelo salão de baile em seda e veludo, bebendo em taças de ouro batido ao som das liras dedilhadas por um quarteto de músicos. Eu suspeitava que alguns tinham viajado para comparecer às festividades.

Há quanto tempo Magdalena estava à sua espera? Desde antes do cerco a Viena? E, além disso, por que ela queria impressioná-lo tanto?

Encontrei você na multidão, bonito e impassível no gibão preto enfeitado a ouro. Afundei no meu lugar em seus braços, de repente exausta. A noite só tinha começado, mas eu queria me enrolar e dormir.

"Você está linda", foi seu elogio, passando o dedo na minha bochecha como se nada estivesse errado, como se Magdalena não existisse. Por um momento, sob o peso escaldante da sua atenção concentrada, senti que eu era a única pessoa no mundo.

Talvez não fosse tão terrível compartilhá-lo, sugeriu um pensamento traiçoeiro, se você ainda me olhasse assim quando estivéssemos a sós.

Magdalena conduzia a dança, uma série de voltas e reverências puritanas e provincianas. Ela disparava entre os parceiros, roçando de leve as mãos e os ombros em uma série complexa de toques. De vez em quando, voltava os olhos escuros para você.

"Dance comigo", você me chamou, já me levando para a pista. Não protestei. Estava feliz por ter algo com que me ocupar, em vez de ficar boquiaberta, observando a cena que se desenrolava como um peixe nadando em águas estranhas. Segurei sua mão com leveza e deixei que você me guiasse pelos primeiros passos, corrigindo depressa minha forma ao observar a nobreza girando ao redor. O mundo era um redemoinho de saias e chapéus de penas, movendo-se cada vez mais rápido à medida que os músicos ganhavam velocidade.

Mesmo cercada pelas belezas em flor da Espanha, o encanto de Magdalena era inegável. Ela cruzava a multidão como um tubarão correndo por águas rasas, os dentes arreganhados de tanto rir. Ela nunca errava um passo nem ficava com um mesmo parceiro por muito tempo. Cada centímetro dela, desde a curva suave da bochecha até a linha afiada do maxilar, insistia em me atormentar.

"Você a quer?", veio sua pergunta, as palavras quase arrancadas pelo turbilhão da multidão.

"O quê?"

Voltamos a nos unir, sua mão em torno da minha. Na luz dourada do corredor, seus olhos ardiam. Eu só via esse fogo quando você estava à beira de devorar alguma coisa. Cheio de expectativa e desejo.

"Você quer Magdalena para você? Para ser sua acompanhante de dia e aquecer sua cama à noite?"

O ciúme deslizou pela minha garganta tão depressa quanto uma cobra. Mas havia uma outra emoção misturada, sombria e doce. Desejo.

"Você a quer?", perguntei, as saias estalando em torno dos tornozelos conforme você me rodopiava. O mundo inteiro girava, inclinando-se no eixo.

"Nossa existência é solitária. Seria bom uma amiga para você. Uma irmã. Nunca a proibi de ter amantes, Constanta. Lembre-se disso."

Você fazia parecer como um presente, um lembrete gentil da minha liberdade. Mas eu ouvia o duplo sentido: *não me negue isso.*

Abri a boca, mas as palavras vacilaram. Eu não sabia o que queria. Meu coração, açoitado em frenesi pelo vinho e a dança e pelo brilho dos olhos escuros de Magdalena, parecia dividido em duas direções.

Nunca tive a chance de responder. Fomos separados pelas exigências da dança. Fui enviada girando aos braços de outro homem enquanto você cruzava em direção a Magdalena, deslizando para tão perto quanto a sombra dela. Ninguém podia negar a luz que irradiava de Magdalena quando ela olhava para você, como a auréola dourada em um ícone sagrado. As bochechas dela estavam coradas pela dança vigorosa, prova tentadora do sangue quente pulsando logo abaixo da superfície da pele.

Como poderia culpá-lo por desejá-la, meu senhor, quando eu mesma a queria tanto?

Eu me esforçava para ver por cima do ombro do meu parceiro, que me girava em círculos vertiginosos. Mais velho que eu, bonito, com um bronzeado saudável na pele marrom que dizia que o sangue teria gosto de damascos de verão maduros e da poeira de uma estrada bem percorrida. Mal podia vê-lo, mal registrava o sorriso apreciativo no rosto dele.

Só via você e Magdalena, dois demônios adoráveis entregando-se a uma pequena folia humana. Sua mão se encaixava com perfeição na curva das costas dela. O pescoço elegante e inclinado dela despertava admiração, como se Magdalena já soubesse o que você era, como se estivesse provocando.

Você abaixou a boca até a orelha dela, e seus lábios roçaram o lóbulo enquanto falava algo privado e urgente. Ela sorriu e o segurou mais perto de si. O que você disse? Nosso segredo? Ou uma proposta mais carnal?

Meus pés vacilaram sobre os passos exigentes da dança, e parti o abraço apertado do meu parceiro. Ele tentou me persuadir de volta, a cadência do espanhol insistindo que não havia nada para se envergonhar e que deveríamos tentar outra vez. Mas eu o ignorei, dando alguns passos cambaleantes na pista de dança. Os casais passaram como pássaros exóticos voando em um turbilhão de penas, e meu estômago se apertou. Senti como se estivesse saindo do corpo e flutuando acima de mim mesma, observando-me como um espetáculo.

Senti então um leve toque no braço, e me virei para ver Magdalena, que abriu aquele sorriso irônico enquanto seu cabelo estava se soltando do penteado elaborado. Seu peito estava corado, com um leve brilho de suor na linha do cabelo. Ela parecia ter acabado de sair de um sonho de ópio, com as pupilas dilatadas e a boca avermelhada.

"Vossa excelência", disparei, com o coração na boca. "Peço perdão. Não conheço os passos desta dança."

Movendo-se com uma deliberação descarada, Magdalena segurou meu queixo na mão e me beijou na boca. Não o leve toque do beijo de uma amiga no canto dos lábios, mas um beijo cheio de calor e intenção. Minha cabeça girou como se eu tivesse acabado de virar um copo inteiro de vinho, e todo o salão frenético desapareceu. O beijo durou apenas um instante, mas, quando ela se afastou, eu estava completamente embriagada.

"Então vou lhe ensinar", proclamou Magdalena, então pegou minhas mãos. "Quer guiar? Ou eu guio?"

Gaguejei feito uma tonta, lançando os olhos para qualquer canto do salão.

Magdalena jogou a cabeça para trás e riu; uma bela loba saboreando o terror de um coelho.

"Eu, então. É fácil como respirar. Um pé e depois o outro. Não pense demais." Nós nos movemos juntas pela pista, fluidas e unificadas. Se algum dos seus súditos tinha visto o beijo, esconderam bem a desaprovação, restringindo-se a fofocar atrás de leques espalhados. Ninguém olhou nem cambaleou em choque, todos apenas continuaram dançando e bebendo, desviando os olhos educadamente. Tão bem-treinados quanto os criados. Aquele não devia ser o comportamento mais escandaloso que já tinham visto dela.

"Nunca pense demais sobre qualquer coisa boa e prazerosa", continuou ela, com a bochecha quase pressionada na minha enquanto rodopiávamos. O vinho em seu hálito era doce como cassis. Eu queria prová-lo tanto nos lábios de Magdalena quanto em suas veias. "Nunca devemos nos negar qualquer prazer nesta vida."

Eu quase podia ouvir você nessas palavras. *Você a treinara?*, eu me perguntei. Não, não houvera tempo suficiente. Talvez fosse mesmo uma alma semelhante à sua.

Deslizamos juntas até a música terminar. Então, sem fôlego e risonhas pelo esforço, levantamos as mãos em aplausos com o resto da multidão. Os músicos fizeram uma reverência, secando o suor da testa.

Magdalena enfiou o braço no meu e me conduziu a passos deliberados pela multidão, inclinando-se para junto de mim, conspiratória.

"Você precisa se sentar comigo esta noite, no jantar. Quero você por perto, Constanta. Quero que sejamos melhores amigas."

Você esperava por nós na longa mesa de madeira, já sentado à esquerda da cadeira de Magdalena, fazendo cena com um copo de Grenache. Duvido que uma só gota tenha passado pelos seus lábios. Na época, eu ainda tinha um pouco de paladar por comida e bebida; a vida imortal ainda não havia retirado esses prazeres por completo.

Magdalena serviu-me uma dose dupla de vinho. Seus olhos rápidos de corvo observavam cada movimento meu, seguindo o copo enquanto eu o levava aos lábios, e você nos observava como um dos seus experimentos. Tentava parecer insatisfeito, óbvio, mas eu conhecia o brilho dos seus olhos quando algo chamava a sua atenção.

"Experimente o polvo à galega", sugeriu Magdalena. "É um prato camponês, mas gosto muito, e meus cozinheiros fazem o melhor do mundo. É preciso mergulhar o polvo em água fervente algumas vezes antes de cortar; esse é o segredo para a carne ficar boa."

Obedeci, abrindo a boca quando ela ergueu uma garfada para mim. A carne era tenra, temperada com uma dose generosa de páprica, untada de azeite.

Magdalena sorriu, observando enquanto eu mastigava com o deleite de uma criança alimentando um gatinho.

"Vai comer?", perguntou Magdalena, pronta para servir você também.

"Nunca tenho apetite quando viajo", você respondeu, arrancando o garfo das mãos dela e colocando-o de volta no prato. Então segurou o pulso dela entre o polegar e o indicador, sugando maliciosamente o óleo do dedo mindinho. Se ela notou o vislumbre dos seus dentes afiados, não demonstrou.

"Se não for grosseiro perguntar", você começou a questionar, inclinando-se para mais perto, "como pode uma pessoa tão bonita ainda não ser casada? Com certeza isso é esperado de uma mulher na sua posição. Desde que seu pai desapareceu…"

Um olhar de pura alegria surgiu no rosto de Magdalena, que baixou a voz para um sussurro conspiratório.

"Acho que nunca me casarei, senhor. Só terei amantes, nunca deixarei nenhum homem me algemar com votos de casamento."

"Ah, mas tenho certeza de que a sua riqueza atrai todo tipo de passarinho querendo desperdiçar uma parte dela para construir o próprio ninho. Deve receber pretendentes aos montes."

"De fato", concordou ela, dando risada. "E entretenho cada um deles. Ouço poemas de amor e declarações, aceito presentes e concedo-lhes uma audiência privada, mas isso é o mais longe que a situação chegará. Não que eles saibam, óbvio. Acreditam piamente que têm uma chance, os coitados."

Você fez um som de aprovação, e seus olhos escuros brilharam à luz do fogo.

"E, se eles mantêm a esperança, continuam se comportando e permitem seus pequenos prazeres e excentricidades. Muito inteligente, Magdalena."

"Um terço dos homens nesta corte quer se deitar e se casar comigo. Outro terço me despreza, mas não fala nada porque tomei o cuidado de coletar registros dos seus casos, assassinatos e crimes. O último terço sorri e me bajula porque sabe onde está o poder e quer tirar proveito."

"E as mulheres?"

"Ah", continuou ela, e sua voz era quase um ronronar. Magdalena quebrou o contato visual com você e me deu um sorriso. "As mulheres são outra questão."

Os dedos dela roçaram minha perna debaixo da mesa, ousados e hesitantes. Segurei a mão dela na minha, incapaz de decidir se queria afastá-la ou puxá-la mais para perto.

Apertei os dedos dela, então soltei, e ela devolveu a mão para o próprio colo. Mas estávamos sentadas tão perto que quase nos tocávamos, e eu sentia o calor vivo saindo do corpo dela. O sangue tinha um cheiro forte de especiarias, e era tão doce quanto um vinho fortificado, salpicado com um almíscar lascivo e irresistível.

Queria afastá-la de você e puxá-la para algum corredor escuro, soltar a gola de renda da garganta dela e correr a boca ao longo da inclinação pálida do pescoço. Queria sentir o sangue vital de Magdalena irrompendo na boca, saborear cada nota desse buquê tão complexo.

Em vez disso, engoli em seco e falei: "Sinto muito pelo desaparecimento do seu pai".

Magdalena gargalhou. Estava corada de tanto beber e dançar, e os ombros estavam relaxados de alegria.

"Eu não! Foi em quem o depus, Constanta. Seu marido não mencionou?"

Balancei a cabeça educadamente, perguntando-me para que tipo de caos eu tinha sido arrastada. Magdalena enroscou o braço no meu e me puxou para mais perto. Percebi sua mão na mão livre dela, roçando o polegar de leve sobre os ossos delicados do pulso.

"Meu pai", começou Magdalena, com os lábios quase roçando na minha orelha, "era um tirano. Temido pelo povo, teimava em seguir as próprias estratégias e não era confiável no controle da fortuna da família. Passei a vida à sombra dele, tentando tirá-lo do controle, ou pelo menos convencê-lo de que eu poderia ser confiada com responsabilidades diplomáticas. Meu pai não via minha habilidade política. Mas eu não aceito ver um mundo por trás das grades, Constanta. Devo sempre manter minha liberdade. Então dei meu jeitinho, utilizando fofocas, subornos e segredos cuidadosamente expostos, até que meu pai começasse a definhar de gota em algum alojamento de caça remoto, longe dos olhos do público."

"Você o baniu?"

"Ele... se retirou com discrição. Mal deixou rastros. Com a reputação arruinada, não havia mais vida para ele aqui. E foi aí que minha vida começou de verdade."

"Admirável", você comentou, e seu olhar devorava o arco dos lábios e a linha do maxilar dela. "Genial."

Eu agora entendia por que você estava tão apaixonado. Magdalena era tão astuta quanto você, tão fria quanto um inverno da Transilvânia. Sob os enfeites e as risadinhas, havia uma garota de aço, que faria o que fosse preciso para sobreviver.

Você nunca resistia a uma sobrevivente. Ou a um espelho.

Você pegou a mão dela e deu um beijo de boca aberta na parte interna do pulso. Os nobres estavam observando; as pessoas podiam ver. Mas você não se importava.

"E o que você sacrificaria, lady Machiavelli, pela liberdade? O que me daria se eu tivesse o poder de prometer imunidade total dos grilhões da sociedade? Uma vida sem limites, sem leis contra as quais se irritar?"

"Qualquer coisa", respondeu Magdalena, sem nem hesitar.

"Se eu pudesse retirá-la de tudo isso amanhã, você deixaria?"

"Sim."

Você sorriu contra a pele dela.

"Bom."

O resto do jantar passou como um borrão. Eu comia o que Magdalena me oferecia à mão e escutava o embalo caloroso da voz dela, que passava os dedos ao longo dos meus. Com gentileza, toquei os cachos que se soltaram na base do pescoço dela enquanto você a alimentava com golinhos do seu vinho; Magdalena sussurrou palavras obscenas no seu ouvido enquanto roçava o tornozelo no meu por baixo da mesa. Ficamos cada vez mais emaranhados, o ar estava próximo e quente, e não foi nenhuma surpresa quando você disse:

"Está ficando tarde. Vossa Excelência vai se recolher em breve?"

"Acho que vou", respondeu ela, sem fôlego, entendendo de imediato.

"Permita-me acompanhá-la a seus aposentos", você ofereceu, levantando-se para puxar a cadeira para ela. Magdalena voltou os olhos escuros semicerrados para mim. Era um olhar pelo qual homens teriam arrasado cidades inteiras.

"Lady Constanta vai se juntar a nós?", perguntou.

Torci o guardanapo com força no colo, fora de vista, e tentei manter a voz normal. Estava sendo convidada para a cama com vocês dois, que se divertiriam naquela noite, com ou sem minha participação.

"Talvez mais tarde. Eu gostaria de aproveitar um pouco do ar noturno antes."

"É claro", você respondeu, generoso, como se estivesse me permitindo ter algum pequeno deleite. Você se inclinou e beijou minha testa, com a mão pairando sobre as costas de Magdalena. "Tenho sua permissão, não tenho?"

Sua voz saiu tão baixinha que duvido que Magdalena tenha ouvido. Assenti em silêncio. Não havia outra resposta, nunca houvera.

"Que bom", você respondeu, então desapareceu com Magdalena no corredor escuro.

Não fiquei muito mais tempo no jantar, mas perambulei um pouco pelos corredores antes de ir para o seu quarto. Você estaria esperando por mim com Magdalena, eu tinha certeza, provavelmente em alguma posição comprometedora.

Deus, o que eu estava permitindo?

Parecia que alguma coisa estava acontecendo *comigo*, mas eu tinha concordado, não tinha? Parte de mim queria aquilo. Queria Magdalena. Eu não deveria estar tão desolada.

Durante uma pequena eternidade, andei em círculos pelos corredores frios, tentando decifrar meus sentimentos. Mas sabia que no fim teria que ir para o quarto. O suspense sobre o que eu encontraria, aliado a uma grande expectativa, estava dando nós nas minhas entranhas. Preparei o coração e tentei acalmar o estômago agitado quando entrei em silêncio na escuridão do seu quarto.

Magdalena estava estendida sobre os lençóis, com a pele brilhante se destacando contra o tecido escuro. Uma das suas mãos envolvia o tornozelo delicado dela, enganchado sobre seu ombro, enquanto a outra agarrava a bunda com força suficiente para deixar hematomas. A visão ficou gravada na minha memória.

Você estava trepando com ela na nossa cama.

Não. Na sua cama.

Eu era apenas uma convidada, a cada noite, dependendo do meu bom comportamento.

E Magdalena estava se comportando muito bem para você. Arqueando as costas e cravando as unhas longas nas suas omoplatas enquanto você a penetrava. Ela fazia sons suaves e ansiosos, subindo e descendo como o arrulho de uma pomba. A linda e perfeita Magdalena, com as bochechas e os mamilos corados para você como a cortesã de um rei.

Entrei no quarto sem fazer barulho e soltei o cabelo como se não houvesse nada fora do comum. Ali era o meu lugar, afinal, no seu quarto. Nada, nem mesmo o círculo escorregadio da boca ofegante de Magdalena, poderia me fazer sentir vergonha de estar ali.

Você beijou a junção delicada entre o pescoço e o ombro dela e então falou. Com os lábios ainda na pele de Magdalena, com o pau ainda dentro dela.

"Constanta, posso sentir você aí, contemplativa."

Magdalena soltou um pequeno suspiro, os olhos pousando em mim como se eu fosse uma aparição fantasmagórica. Pelo visto, ela estivera absorta demais para me ouvir entrar.

Sorri para ela, deixando os olhos viajarem pelas linhas do corpo dela antes de voltar para o rosto. Eu conheceria cada centímetro dela. Magdalena não seria capaz de esconder nada de mim. Nem a nudez, nem os segredos, nem os planos para você.

"Você vem para a cama?", você perguntou, com a respiração irregular enquanto deslizava para dentro e para fora dela. Lento, controlado. Do jeito que gostava de começar. Magdalena estremeceu, mordendo o lábio para suprimir um pouco do barulho. Talvez ela não achasse apropriado gemer na presença da esposa do amante.

Observei Magdalena se contorcer enquanto soltava as esmeraldas das orelhas e as colocava na penteadeira. Era difícil não olhar. Ela era uma cornucópia transbordando de delícias carnais. Minhas mãos coçavam para tocá-la, mas eu mantinha minha máscara de gelo.

"Preciso ser convidada para a minha cama, como um cão é convidado a mendigar na mesa do mestre?", retruquei, com frieza.

Você enfim olhou para mim, e seus olhos escuros estavam erráticos, com luxúria, irritação e alguma outra emoção menos pronunciável. Admiração, talvez. Aparecia tão raramente que eu mal sabia reconhecer.

"Constanta", você disse, saboreando as sílabas como se fossem um bilhete sujo passado sob os bancos da igreja. "Minha joia, minha esposa."

"Está melhorando", respondi, tirando o vestido pesado e colocando-o sobre as costas de uma cadeira. Afrouxei os botões na nuca e nas costas, para que os seus dedos ágeis desamarrassem. Minhas mãos estavam tremendo, meu coração batia rápido e quente no peito.

Você inclinou o queixo de Magdalena para mim, mostrando as bochechas rosadas e a queda sedosa de cabelo preto. O desejo que se desenrolava aos poucos no meu estômago enfim alcançou o peito, apertando dolorosamente.

"Olhe como nossa nova noiva é linda", você falou, mordiscando o lóbulo da orelha dela. "Venha e beije sua irmã. Mostre que não há nenhuma animosidade entre vocês."

Magdalena, sempre disposta, estendeu o braço para mim. Aqueles dedos adoráveis se curvaram, chamando-me para mais perto.

"Por favor", pediu, a voz doce como uma fruta tão madura que estava prestes a estourar.

Eu estava furiosa. Você tinha inventado meu consentimento a cada passo, uma mera formalidade. Aquele sempre tinha sido o seu projeto para nós duas: inevitavelmente acabaríamos aqui, na cama.

Mas eu também estava delirando de desejo, e mais ou menos convencida de que você estivera certo o tempo todo. Era muito mais fácil acreditar que você sempre tivera meus melhores interesses no coração.

Engoli em seco e atravessei o quarto até a cama, passando a mão sobre a curva das suas costas enquanto me abaixava para beijá-la.

A boca de Magdalena estava quente e disposta, e eu estremeci quando ela soltou um daqueles sons baixinhos contra meus lábios. Ela me puxou com gentileza para a cama, a voz soando uma última vez antes que a força dos seus quadris lhe tirasse o fôlego. *"Por favor."*

"Você", falei, beijando-a com mais urgência enquanto permitia que você completasse o trabalho nas minhas costas, "é um tormento."

O desejo torna
nós todos idiotas.
Mas você já
sabia disso, não é?

M agdalena suspirou no meu beijo, e eu sabia que mataria por ela, morreria por ela, faria tudo de novo e mais um pouco. Nunca quisera tanto uma mulher, nem mesmo Hanne, não a ponto de eu me ver em um estado de tamanha desolação. Aquilo lembrava o jeito que eu te amava, o que me abalava profundamente. Um corpo não podia conter tanto fervor, tanto sentimento. Poderia me partir ao meio.

Seus lábios procuraram os meus enquanto ela ainda estava enroscada em você. Corri a mão pela barriga dela, plana e lisa, e depois mais para baixo.

"Posso, por favor?", perguntei, sem fôlego.

Magdalena assentiu, e então soltou um som curto e delicioso quando eu tracei círculos nela com meus dedos. Ela se contorcia e gemia sob nossos cuidados especiais, chamando o meu nome e o seu.

Então, quando ela chegou ao clímax, você afundou os dentes em seu pescoço.

Madaglena convulsionou e gritou, mas segurou firme em você. Como se estivesse acolhendo a dor e a mudança, não a rejeitando. Cambaleei, com a mente confusa pelo prazer e pelo cheiro de sangue quente. Tudo estava acontecendo rápido demais, eu não estava pronta, não estava pronta para compartilhar minha vida para sempre com outra das suas esposas, não estava...

Você me beijou de forma firme, com lábios escorregadios de sangue, e assim eu me perdi. Você guiou minha cabeça até a ferida pulsante na garganta dela, e eu chupei o doce licor vermelho da pele de Magdalena, que murmurava meu nome, com as mãos emaranhadas no meu cabelo. Eu nunca encontrara uma ternura tão perfeita, um êxtase tão absoluto.

Isso me aterrorizou.

Compartilhamos o vinho que era Magdalena em goles, alternando entre beber dela e beijá-la, também trocando beijos entre nós. Eu mal podia dizer a diferença entre as duas bocas no escuro, de tão perto que nós três estávamos.

Magdalena abriu a boca, obediente, quando você partiu a veia do seu pulso, e bebeu de você com uma ferocidade que eu não esperava ver de alguém que ainda não era um de nós. Houve outro lampejo da força dela, tão convincente quanto assustador. Ela não seria uma vítima do mundo, isso era óbvio.

Meu sangue não era tão potente quanto o seu, e eu não sabia se tinha amadurecido o bastante para oferecer os poderes que nós gozávamos, mas mesmo assim abri uma veia para ela.

Passamos a noite bebendo um do outro e fazendo amor, aproveitando ao máximo as sensibilidades aumentadas que inundavam o sistema de Magdalena. Nenhum dos criados nos incomodou, e nenhum dos convidados do jantar veio nos procurar.

Afinal, eram bem-treinados. E, quando Magdalena enroscou os dedos nos meus pulsos e cobriu meu peito de beijos quentes, me chamando de irmã com aquele sorriso travesso, não pude deixar de me perguntar se eu também não estava sendo treinada.

Partimos na noite seguinte, as carruagens carregadas com as riquezas de Magdalena. Ela deixou a casa aos cuidados de um dos criados de mais alto escalão, prometendo que voltaria o quanto antes. Eu me pergunto se ela sabia que "o quanto antes" acabava virando muito, muito tempo depois, quando se vivia tanto quanto nós. Mas ela era jovem, otimista. Talvez não acreditasse que partir com você significava a destruição total da sua vida anterior.

Ela aprenderia, com o tempo.

Magdalena era vaidosa e petulante, e ainda por cima minha rival, como me lembrei enquanto saíamos para a luz ocre do crepúsculo. Eu estava determinada a ver as piores qualidades dela e mantê-la a distância, mesmo enquanto viajávamos apertadas na carruagem. Mas ela também era brilhante, linda e muito segura de quem era e do que queria do mundo. Ela apertava minha mão enluvada sempre que a carruagem dava um solavanco, alimentava-me com pedacinhos de melado da bolsa de viagem e cochilava em cima de mim com uma bagunça de cachos fazendo cócegas nas minhas bochechas. Ela inventava jogos de palavras para nos manter entretidos e me acordava todas as noites com um beijinho no canto da boca.

Eu me apaixonei rápido, mesmo que a minha cabeça se debatesse contra as maquinações estúpidas do meu coração.

Havia nela um fogo incontrolável do qual já era difícil desviar o olhar, ainda mais resistir, e, quanto mais tempo passávamos juntas, mais a minha admiração crescia. Eu sabia que estava perdida quando me peguei acordada perigosamente perto do amanhecer, em uma taverna na fronteira da França, observando o rosto dela, que dormia. Cada pequena vibração de cílios me fascinava, e cataloguei a curva do seu rosto como se tivesse sido contratada para pintar o retrato dela. Mesmo depois que você acordou e me puxou para perto, fazendo-me voltar a dormir, tudo que vi nos meus sonhos foi o rosto dela.

Não havia muita esperança para mim depois disso.

Longe de sufocar meu amor por você, meus sentimentos por ela só alimentavam a devoção que envolvia meu coração sempre que você entrava no recinto. Ver vocês dois de braços dados pelas ruas da cidade, olhando vitrines e rindo, enchia-me de um prazer irreprimível. Você nos chamava de suas raposinhas e era a nossa estrela do norte, guiando-nos pela noite. Meu coração vibrava em consonância com o seu sempre que Magdalena compartilhava as últimas fofocas à luz da lareira, e nós dois ficávamos animados de ouvir o que ela pensava sobre os acontecimentos políticos nos continentes.

Magdalena estava conectada a uma rede aparentemente interminável de informantes, rivais, amigos e parceiros de discussões filosóficas cujas cartas a encontravam onde quer que estivéssemos. Você a advertia a respeito do excesso de correspondência com o mundo exterior, de pôr nosso segredo em risco, mas cedia àqueles hábitos, ao menos nos primeiros anos. Afinal, era a lua de mel, um grande passeio por todas as cidades europeias que ela sempre sonhara em visitar. Ela podia ter seus pequenos deleites. Era seu direito de recém-casada.

Você só começaria a esconder as cartas dela e a desencorajá-la de responder os correspondentes envelhecidos muito mais tarde, quando a novidade tinha passado.

Passamos décadas passeando em Lyon e Milão, absorvendo as cores sem pressa; depois, a pedido de Magdalena, passamos um inverno em Veneza. Você se irritou com Veneza, com suas cores fervilhantes e multidões rodopiantes, mas eu me diverti. A agitação lembrava muito a minha Viena. Eu e Magdalena não cansávamos de perambular pelas praças, vendo os mercadores passarem apressados. Caminhávamos de braços dados ao longo da borda fina do canal, eu ouvindo enquanto ela fofocava sobre todos os oficiais da cidade e as suas esposas. Magdalena conhecia as famílias, a posição na política, sabia quais deles estavam recebendo suborno, e tinha opiniões sobre todos. Eu ficava maravilhada com o tino dela para a diplomacia. Se o Grande Conselho de Veneza ouvisse uma estrangeira, ainda por cima uma mulher, teria uma arma poderosa.

Você ficou irritado durante todo o primeiro inverno que passamos na cidade, reclamando do barulho, da umidade e de como não havia um lugar tranquilo para fazer suas pesquisas. Àquela altura, eu já tinha começado a desvendar sua fixação pela ciência, sua obsessão por catalogar e dissecar o animal humano. Todos os vampiros encontram alguma maneira de evitar a monotonia de uma vida sem fim, seja com hedonismo, ascetismo ou uma porta giratória de amantes tão efêmeros quanto efêmeridas. Você mantinha as mãos e a mente ocupadas com suas hipóteses, a interminável pesquisa sobre a condição do humano e do vampiro. Talvez estivesse determinado a ser o primeiro a decifrar quais processos transmutaram um no outro. Ou talvez só precisasse de uma distração. Não preciso perguntar do que você precisava se distrair. Sei que a vida imortal tem um peso inevitável.

"Vamos sair!", exclamou Magdalena, certa noite, envolvendo seu pescoço com os braços. Você estava debruçado sobre a mesa, examinando amostras de flora e fauna do outro lado do mundo. Ainda não tenho ideia de por que aquilo era do seu interesse.

Você deu um sorriso que era mais uma careta.

"Estou ocupado, pequena."

Magdalena fez um dos beicinhos espetaculares dela. Um daqueles beicinhos poderia ter derrubado as muralhas de Troia.

"Mas a ópera é hoje à noite! Você prometeu que iríamos."

"E você pode ir. Leve sua irmã e me dê um pouco de paz. Estou muito absorto nisso, se você ainda não percebeu, meu amor."

Magdalena choramingou, mas eu estava exultante. Você estava nos dando permissão para cruzar a cidade sozinhas. Sem você nos conduzindo pelas sombras, olhando carrancudo para os transeuntes, Magdalena e eu poderíamos conversar, tomar nosso tempo enquanto explorávamos as ruas molhadas pela chuva. Veneza estava em pleno Carnaval, e as festividades se espalhavam pelas ruas. O mundo do outro lado da porta com certeza estaria vibrando de som e cor; Veneza na sua forma mais feroz e adorável.

"Vou pegar minha capa", anunciei, tentando não transparecer nenhuma emoção na voz. Não queria que você mudasse de ideia de última hora e decidisse que precisávamos da habitual supervisão.

Mas, no fim das contas, sua pesquisa venceu, e Magdalena e eu tivemos autorização para sairmos sozinhas, desde que prometêssemos voltar antes da primeira luz do amanhecer. Você gostava dessas regras paternalistas, sempre circunscrevendo nossa liberdade com pequenas leis.

Magdalena e eu escolhemos nossos melhores vestidos e saímos noite adentro em um farfalhar de seda e fitas, nossos pés deixando rastros molhados nos paralelepípedos.

Rimos todo o caminho até a ópera, de tão felizes que estávamos por respirar ao ar livre só na companhia uma da outra. Magdalena entrelaçou os dedos enluvados nos meus enquanto me puxava por becos e pontes, e meu coração bateu contente no peito. Naquela noite, toda a extensão do céu crivado de estrelas parecia brilhar especialmente para nós. Éramos ela e eu, enfim sós, com o mundo inteiro aos nossos pés. Poderíamos ter feito qualquer coisa. Pegar um barco para o Marrocos, fingir que éramos princesas em uma das festas de Carnaval do lorde ou drenar uma jovem beldade juntas no beco mais escuro, onde ninguém poderia nos encontrar. Estávamos bêbadas só com as possibilidades.

No entanto, não nos desviamos dos nossos planos porque Magdalena era devota do teatro e porque eu ainda não tinha coragem de fazer qualquer coisa que conflitasse com seus interesses. Um pouco de travessura era uma coisa; insubordinação era outra, e bem diferente. Eu não queria que nossa linda noite fosse estragada pelo seu temperamento quando chegássemos em casa.

Então, embora Magdalena olhasse faminta para os festeiros mascarados com chapéus de plumas e vestidos de brocado esvoaçantes, eu a puxei para longe do coração da folia, em direção ao nosso destino.

Era uma ópera que nunca tínhamos visto, no novo estilo mais sério que começava a substituir as comédias cantadas tão populares na região. A ópera estava crescendo em estatura e influência, espalhando-se por toda a Europa, e os compositores começavam a fazer experimentações com grande aclamação. Assisti a tantas óperas junto de Magdalena que mal consigo lembrar seus nomes, mas me lembro desta. Era uma versão da história bíblica de Judite. Familiar o bastante para mim, que ainda lia a Bíblia por recreação e meditação, apesar das suas zombarias; mas uma história relativamente nova para Magdalena, que nunca se importara muito com sermões.

"Deveriam ter deixado que ela lutasse", sussurrou Magdalena para mim, por trás do leque. No palco, a adorável Judite lamentava sua posição na sociedade israelita, desejando lutar contra a horda invasora ao lado dos irmãos. Movida pelo sofrimento dos seus compatriotas, ela jurou vingança contra os assírios. "Eu a teria deixado lutar se estivesse no comando."

Sorri ao ouvir aquilo. Era difícil não sorrir para Magdalena quando ela estava com a mente fixa em alguma coisa, declarando suas vontades como uma verdadeira dama nascida em berço de ouro.

"Ela vai se vingar", contei. "Continue assistindo."

Magdalena estendeu a mão na escuridão do nosso camarote e apertou a minha bem quando Judite deu as boas-vindas ao líder dos assírios, Holofernes, na sua casa. Ela cantava com doçura para ele, que se reclinava em seu colo, convencido de que estava seguro nos braços de uma mulher. Então, quando Holofernes caiu em um sono bêbado, Judite pediu a criada que trouxesse uma espada.

Magdalena respirou fundo, trêmula. Inclinei-me para mais perto, querendo saborear cada pedacinho daquele prazer. Através dos olhos dela, eu podia vivenciar a história pela primeira vez de novo. Meu coração saltou na garganta quando Judite cantou sua ária triunfante e baixou a espada. A lâmina desceu sobre o pescoço de Holofernes com um grande jorro de sangue falso, mas tão satisfatório que me deixou com água na boca. Magdalena deu um pulinho na poltrona e bateu palminhas, e eu ri e pressionei o rosto no dela. A alegria dela passou por mim como um relâmpago, incendiando meu peito.

"Quem é aquela mulher com ela?", sussurrou Magdalena, enquanto, no palco, as duas mulheres seguravam o corpo contorcido de Holofernes e completavam a decapitação.

"A criada, imagino."

"Talvez fossem como nós", comentou ela, com a voz aveludada e baixa na escuridão. Ainda estávamos muito juntas, os lábios dela perto da minha orelha e os olhos fixos no palco.

"E o que nós somos, Magdalena?", perguntei. A pergunta saiu da minha boca antes que eu tivesse a chance de pesá-la. Estávamos juntos há anos, nós três, mas ainda não havia nome para o carinho entre nós duas. Chamá-la de amante ou amiga parecia incompleto.

Magdalena virou o rosto para o meu, cutucando o meu nariz com o dela.

"Não me diga que acha que somos rivais, querida Constanta. Ainda não percebeu que há o suficiente dele para nós duas?"

"Não estava pensando nele", respondi; e, para a minha surpresa, estava sendo sincera. Minha cabeça estava sempre cheia de você: quando estávamos juntos, você ofuscava todas as conversas, e quando estávamos separados, eu ficava doente de saudades. Mas, naquele momento, Magdalena tinha toda a minha atenção. "Estou falando de nós duas, você e eu. Sejamos francas uma com a outra, pelo menos uma vez."

A melancolia não era um dos pontos fortes de Magdalena, porém era a minha disposição constante, o que resultava em muitos desentendimentos. Ela se contentava com entrar e sair da minha cama, provocando-me de forma impiedosa em um dia e, no dia seguinte, deslizando os braços em volta do meu pescoço e me chamando de amada, e nunca via a contradição daquelas ações. Eu levava o amor muito mais a sério. O amor não era um jogo de menina. Era um fardo de ferro, forjado no fogo e pesado demais para usar. Suponho que eu queria saber, de uma vez por todas, se Magdalena realmente me amava, mesmo que fosse apenas à própria maneira de amar.

Ela me encarou por um longo momento, e então começou a tirar a luva da mão livre. Magdalena fez isso com os dentes, para não ter que me soltar. Quando a seda cinza foi colocada em seu colo, ela trouxe o pulso até minha boca. Segura no anonimato escuro do camarote de ópera, beijei a pele perfumada, sentindo a pulsação lânguida logo abaixo.

"Você é metade do meu coração, Constanta", ela respondeu, os olhos tão sérios como quando escrevia as longas cartas de conselhos políticos. "Temos nossas brigas, mas isso sempre vai ser verdade."

Magdalena levou o polegar à boca e mordeu com força suficiente para fazer uma bolha de sangue subir à superfície. Ela estendeu a mão para mim. Não até minha boca, como se estivesse me convidando para saboreá-la, mas na frente do meu peito, como se fosse um mercador me convidando a apertar as mãos em um acordo. Eu entendi na hora.

Envolvi meu polegar com os lábios e fiz uma ferida idêntica. Magdalena entrelaçou os dedos nos meus, e nossos polegares pairaram um sobre o outro.

"Sejamos irmãs", declarou ela. "Irmãs de verdade. Com o tipo de vínculo que ninguém pode separar, não importa o quanto tentem. Mesmo se estivermos em extremos opostos do mundo, você terá um pouco do meu sangue nas suas veias, e eu terei um pouco do seu."

Pressionamos os polegares, e Magdalena me beijou com força, sua boca machucando a minha enquanto o nosso sangue se misturava. O calor se espalhou por todo o meu corpo. Senti como se estivesse sendo transformada de humana para vampira outra vez; renovada diante da presença de um amor poderoso.

"Quero comemorar o Carnaval com você", sussurrei, quebrando o beijo.

"Esta noite?", perguntou Magdalena. Os olhos estavam arregalados e brilhantes, encantados com o meu capricho inesperado.

"Esta noite. Quero ver a cidade com você, quero lembrar do nosso primeiro Carnaval com você ao lado."

"Mas e...?"

"Não ligue para ele. Cuidarei de tudo quando voltarmos. Diremos apenas que fomos forçadas a fazer um desvio e nos atrasamos. Se sairmos agora, podemos aproveitar a cidade por horas antes de voltarmos para casa."

"Você está falando sério", disse ela, sorrindo.

"Estou falando sério. Além disso, você já viu a melhor parte da ópera."

Recolhemos nossas coisas e saímos pela noite, seguindo o brilho das tochas e o canto dos foliões até uma das grandes praças da cidade. Paramos em um vendedor para comprar duas das misteriosas máscaras de *volto*, tão populares entre as mulheres naquela época, antes de agarrarmos as saias e corrermos feito meninas atrás dos foliões. Com nossas capas de inverno, éramos indistinguíveis de qualquer outra pessoa na multidão.

Nós nos impressionamos com os comedores de fogo e os acrobatas, ficamos boquiabertas com as damas de Veneza em trajes elaborados, soltamos gritos de susto e alegria quando homens com máscaras horríveis saltaram para cima de nós. Eu nunca tinha visto tanta beleza em um só lugar. Minha lembrança daquela noite é um borrão feliz, com a memória cristalina da mão de Magdalena na minha. Quando por fim nos afastamos da festa e fomos correndo para casa, jogando as máscaras e véus nos braços de duas meninas que observavam a festa de longe, com olhos ansiosos, estávamos tão cansadas quanto as princesas dançantes dos contos de fadas.

Quando voltamos, você estava tão absorto na pesquisa quanto estivera quando saímos, alheio ao prazer secreto que tínhamos desfrutado longe do seu olhar atento. Depois de alguns beijos superficiais e palavras gentis, você desapareceu de volta no seu mundo de cálculos e hipóteses, deixando Magdalena e eu deslizarmos para a cama.

Os quartos em Veneza eram pequenos, e nós três dividíamos uma cama grande de penas; era raro que nós duas tivéssemos a chance de desfrutá-la sem você. Ter Magdalena só para mim era um prazer especial que eu não queria desperdiçar.

Beijei cada centímetro do corpo dela como se fosse uma relíquia sagrada, tirando o vestido com o cuidado delicado que eu poderia ter ao desembrulhar o linho de um cálice de comunhão. Ela sussurrava meu nome como uma oração enquanto, com a boca, eu adorava o lugar secreto entre as coxas dela. Magdalena enroscou os dedos no meu cabelo e ria conforme eu a levava para cada vez mais perto do ápice, e meu corpo também tremia de desejo. Ela ficava tão linda assim, com a cabeça inclinada para trás, o cenho liso e livre de qualquer preocupação. Eu queria que o momento durasse para sempre: só ela e eu presas naquela eternidade de prazer, pequena e perfeita.

Deitar-me com ela fazia eu me sentir tão viva e vibrante. Era quase o suficiente para me fazer esquecer que já estava morta.

Talvez eu tenha me sentido atraída por ela ser tão viva. Nem mesmo sua mordida arrancara a cor forte das bochechas dela, o brilho dos olhos. Eu gostava mais de olhar para ela do que para mim mesma, porque ficava cada vez mais difícil me reconhecer no espelho. Meu longo cabelo ruivo brilhava com uma ilusão de vida, mas estava sempre frio ao toque, mesmo sob a luz do sol, e minha pele era de uma palidez que, em geral, as mulheres precisavam pintar o rosto com solução de chumbo branco para atingir. Meus olhos eram escuros e vazios, mais animalescos que os de uma mulher, e volta e meia eu assustava as pessoas na rua porque esquecia de piscar. Eu me perguntava se, no fim das contas, até meu reflexo desapareceria, deixando só a superfície fria e intacta de um espelho.

Eu era uma estátua perfeita e imóvel, dolorosamente bela, mas sem nenhuma das pequenas graças que a mortalidade concedia. A cada dia, parecia mais e mais com você.

Mesmo os raios de sol mais ralos ficaram dolorosos para mim, e eu não podia me divertir com Magdalena na luz suave do amanhecer ou do anoitecer. Estava cada vez menos saciada com pão e vinho, embora às vezes entrasse na igreja para a comunhão, só para ver se ainda podia provar alguma coisa. A fome era implacável, minha única companheira nos momentos tranquilos entre a viagem e a conversa sobre sua mais nova teoria a respeito da natureza humana. Eu me ocupava o tempo todo com distrações para preencher o vazio: bordado, viola, terço. Nada fazia eu me sentir completa.

Então, de maneira indireta, eu vivia através de Magdalena, com aquele olhar arregalado de admiração pelo mundo e as primeiras experiências brutais. Caçávamos juntas, quebrávamos o pescoço de homens perversos e atraíamos lindas garotas e garotos para nossa habitação, onde trocávamos beijos e mordidas de amor. Magdalena e eu levávamos essas delicadas e jovens flores à beira do prazer e da dor, tomando golinhos contidos das suas veias ainda pulsantes. Suponho que queríamos ver se conseguiríamos nos alimentar de alguém sem ceder por completo ao frenesi da sede de sangue, e não achávamos justo que todas as pessoas de quem tirávamos sustento morressem. Nós nos imaginávamos muito justas enquanto mimávamos nossos amados desmaiados e os mandávamos para casa cobertos de chupões e algumas feridas quase imperceptíveis.

Você acabou descobrindo, óbvio.

"Qual é o sentido disto?", você exigiu saber depois que um menino saiu cambaleando da nossa casa com os lábios inchados de beijos e sangue secando no pescoço. "Vocês duas estão tentando gerar uma nova família pelas minhas costas, é isso?"

"Óbvio que não", retruquei, achando aquilo absurdo.

"Não, não, meu amor!", cantarolou Magdalena, envolvendo os dedos no seu braço. Ela guiou você para a cadeira mais próxima. "Nunca faríamos uma coisa dessas."

"Você não poderia mesmo se quisesse, sabia? Ainda não tem idade, seu sangue não é forte o bastante. Isso é coisa da Constanta?", você perguntou, embora eu mal tivesse falado. "Constanta infectou sua mente com os moralismos dela."
"Eu não fiz nada!", exclamei.
"Isso é sobre a sua obsessão por justiça, não é?", você questionou, com os olhos escuros brilhando. "Acha que esses jovens são inocentes, então os deixa viver. Ouça, Constanta: ninguém nesta terra miserável é inocente. Nem você, nem eu, nem aquelas crianças."
Lágrimas inevitáveis brotaram dos meus olhos, e eu me repreendi. Odiava chorar na sua frente. Sentia como se isso lhe desse ainda mais poder sobre mim, como se seu coração fosse um lacrimatório vazio esperando para receber minhas lágrimas.
"Querido, *por favor*", pedi.
Magdalena, que Deus a abençoe, interveio antes que você pudesse acabar de vez comigo. Ela se acomodou aos seus pés, com as saias se amontoando ao redor do corpo, e deitou a cabeça no seu joelho. Era a imagem do arrependimento coquete, mas eu estava começando a conhecê-la bem o suficiente para saber que era atuação, pelo menos em parte.
Todas desenvolvíamos nossos truques para lidar com você: a minha invisibilidade, a doçura dela...
"Foi só um experimento", explicou Magdalena, improvisando. "Estávamos curiosas para saber o que aconteceria se os deixássemos viver, se isso sequer podia ser feito. Você está sempre falando sobre estudar a natureza dos humanos e dos vampiros. Estávamos só fazendo alguns estudos de teste."
Você passou os dedos no próprio cabelo, e seu olhar queimou minha pele, procurando qualquer sinal de desobediência. Em geral, você nos olhava como se fôssemos tesouros de ouro, preciosas e rarefeitas. Mas, naquele momento, observava-me

do jeito que olhava para um dos seus livros. Como se estivesse me drenando de todo conhecimento útil antes de me deixar de lado.

"Muito diligente", você murmurou. Ainda havia suspeita em sua voz, mas você parecia estar disposto a aceitar aquela resposta. Por enquanto.

De minha parte, eu tentava não guardar rancor por você ter passado a amá-la. Você não tinha saído à procura de uma nova esposa; apenas se apaixonara, assim como eu me apaixonara quando você nos apresentou. Eu não podia culpá-lo, não é mesmo? Conforme atendíamos aos caprichos de Magdalena de viajar de país em país, eu tentava não pensar nas maquinações silenciosas que tinham sido necessárias para que nos conhecêssemos. Tentava afastar os pensamentos insistentes sobre o tempo que você teria trocado cartas com ela sem que eu soubesse ou consentisse, contando tudo sobre nossa vida a dois. Conquistando-a para que ficasse ao seu lado.

Tentei ser generosa com você, meu amor... mas as sementes da dúvida, depois de plantadas, lançam raízes profundas e teimosas. Logo, a suspeita de que você não tinha sido totalmente honesto começou a me atormentar, apesar da alegria de compartilhar a vida com você e com Magdalena. Eu estava desconfiada e, o que é ainda mais perigoso, curiosa.

Perguntar direto a você estava fora de questão, e tampouco queria pedir informações à Magdalena. Você ficaria furioso se descobrisse que eu tinha feito perguntas sobre seu comportamento sem que você estivesse presente, e eu não queria atrapalhar nossa vida familiar idílica daqueles dias iniciais. Talvez, meu senhor, fosse só covardia minha.

Você terá que me perdoar. Tive tantos dos meus limites ultrapassados, restara-me tão pouco da minha privacidade, que não me pareceu injusto negar a você um pouco da sua.

Estávamos hospedados na Dinamarca, em uma casa de campo alugada onde reaproveitamos o celeiro nos fundos para transformá-lo na sua oficina. Você passava mais tempo lá do que no próprio quarto. Esperei que você e Magdalena saíssem para caçar antes de procurar as cartas. Vocês dois adoravam caçar juntos, adoravam a emoção e a diversão da caça. Na época, você ainda me deixava em paz com o meu senso de justiça deturpado, tendo desistido de me converter em matar por qualquer outro motivo.

Entrei no celeiro em silêncio, tomando cuidado para não deixar pegadas na terra ou marcas na poeira. Era aqui que você acumulava todas as novas invenções que inundavam os mercados científicos, os barômetros, as lunetas portáteis e as máquinas de calcular. Estavam alinhados com cuidado nas mesas de trabalho. Você também expunha ossos humanos, colhidos de vítimas e lavados à mão, e conseguira um crânio inteiro, que estava disposto ao lado de um fórceps e de notas rabiscadas.

Ignorei a evidência daquele trabalho macabro e comecei a procurar algo mais precioso: uma simples caixa de madeira para charutos onde você guardava papel de carta e cartas de valor sentimental. Eu nunca tinha visto o interior da caixa, mas sabia que era querida porque estava proibida para mim.

Meu coração disparou com o peso da indiscrição enquanto olhei embaixo dos papéis e me abaixei sob as mesas para vasculhar caixotes de madeira. Tocar naquela caixa era um pecado digno de ser excomungada das suas graças, eu tinha certeza.

Mas eu também estava estritamente proibida de entrar na sua oficina desacompanhada. O que era mais um pecado para acrescentar à lista?

Encontrei a caixa de charutos no meio da mesa, exposta de forma descuidada. Você nunca pensou que eu teria forças para desobedecê-lo, não é? Nunca nem cogitou a possibilidade de minha força de vontade ser maior que a sua.

Abri a tampa com muita, muita delicadeza. A recompensa pela minha tenacidade foram maços de cartas com a sua caligrafia primorosa. Folheei os papéis, procurando os endereçados à Magdalena. Só queria saber por quanto tempo você estivera em contato com ela, juro. Só precisava saber se você a cortejava havia anos, bem debaixo do meu nariz, ou se aquele fascínio por ela era tão recente quanto você dizia ser.

Encontrei as cartas dela, meu amor. E encontrei muitas mais.

No começo, fiquei confusa. Não sabia ler com uma eficiência relâmpago como a sua, mas conseguira aprender sozinha o suficiente para saber que havia correspondências de séculos atrás, desde antes de nos conhecermos. Algumas estavam escritas em alfabetos estranhos, em qualquer uma das muitas línguas que você falava e eu não, mas algumas eu conseguia decifrar.

Eram cartas de amor. Escritas para completos estranhos, estendendo-se através do tempo e do espaço. Estranhos que você chamava de marido. Amante. *Esposa*.

Eu me afastei da caixa como se fosse a própria Pandora, derramando aflição sobre o mundo. As cartas caíram das minhas mãos para cima da mesa. Impossível. Você nunca mencionara outros cônjuges. Eu era a primeira, sua Constanta. Eu sacrificara tudo pela coroa, e, em troca, você me alçara à realeza. Eu era única aos seus olhos. Especial, mesmo depois de trazermos Magdalena para o nosso mundo. Eu era o amor que dera início a tudo.

Não era?

Não que eu não esperasse que você tivesse amantes, que tivesse procurado companhia humana durante os muitos anos que passara vagando pelo mundo. Mas eu achava que você estava sozinho, sem um igual ao lado, com seu mesmo poder e a mesma doce maldição. Mas você transformara essas pessoas, pelo menos cinco, e a evidência estava bem ali, na sua caligrafia. Você os seduzia de longe, depois os guiava nos primeiros encontros e seduções, prometendo mundos inteiros se lhe fosse permitido dar aquela mordida fatal. Chegava a usar mais ou menos a mesma linguagem quando convencia essas pessoas a ficar com você.

Um presente.
Uma vida sem leis, sem limites.
A escolha é sua.

Você procurara alvos específicos: poetas, cientistas e princesas, todos arruinados por algum trauma recente. Seus correspondentes eram sobreviventes de incêndio, vítimas de casamentos brutais, artistas famintos e soldados feridos. Todos excepcionais de alguma forma, todos vulneráveis. Eu ficava nauseada só de pensar neles, de imaginar os rostos de olhos vidrados quando você enfim aparecia e lhes dizia que tinha vindo para tirá-los da miséria e levá-los para uma vida imortal de facilidades. E você mantivera um registro meticuloso de todos, assim como mantinha um registro meticuloso dos seus pequenos experimentos.

Mais do que depressa, juntei as cartas e as coloquei de volta onde as encontrara, fazendo o possível para lembrar a ordem e a disposição corretas. Então corri de volta para a casa, deixando a porta do celeiro fechar atrás de mim.

A terrível verdade ameaçava crescer e me engolir como uma onda, e quase caí de joelhos pela força daquilo. Não fui a primeira. Você estivera guardando segredos de mim durante toda a nossa vida a dois.

Engoli em seco e me forcei a afastar esses pensamentos da mente.

Você tinha direito à sua privacidade. Eu não deveria tê-la invadido se não queria descobrir algo que me chateava.

Mas, por mais que eu tentasse, não conseguia racionalizar suas mentiras.

Também não conseguia criar coragem para confrontá-lo a respeito. Pelo menos, não de imediato.

T entei fugir uma vez. Mesmo agora, sinto uma vergonha imensa só de pensar. Queria poder dizer que me afastei de você diversas vezes, jogando-me com valentia em direção à liberdade. Mas isso seria mentira. Só tive coragem de fugir uma vez, e por um capricho tão petulante que dificilmente poderia ser chamado de premeditado.

Era uma noite enfadonha do verão inglês, com chuva caindo do céu sem lua. Estávamos na nossa segunda década no campo, e vocês dois ainda tinham aquele brilho de lua de mel, aquela luz nos olhos quando se olhavam. Na maioria dos dias, aquele olhar me enchia de calor, mas naquela noite meu coração estava frio.

Vi você olhando para Magdalena à luz da lareira da nossa casa, sua mão no joelho dela, que inclinava a cabeça em direção à sua para mostrar um dos muitos desenhos habilidosos que ela fazia, e meu sangue ardeu nas veias. Mais cedo, naquela noite, você gritara conosco por olharmos para o jovem mensageiro que trazia suas cartas da universidade, mas agora estava tão doce quanto uma galinha cuidando da ninhada. Eu ficava doente quando via Magdalena se enfeitar para você. Ela sempre era melhor nas bajulações quando seus caprichos ficavam muito sombrios, então você deveria amá-la mais, não importava o que dizia. Se eu tivesse pensado melhor, teria percebido que eu amava tanto você quanto Magdalena com ferocidade, então era perfeitamente razoável que você amasse nós duas da mesma forma, mas eu não estava pensando com clareza. Estava doente de infelicidade e ciúmes, e os limites do pequeno apartamento em Londres de repente pareceram opressivos.

Eu precisava de ar. Precisava da luz das estrelas e da multidão humana caótica do outro lado da nossa porta. Precisava sentir como se pertencesse a mim mesma de novo.

Enquanto você a beijava, saí porta afora, no escuro e na chuva, sem nem mesmo um chapéu. Não fazia ideia de para onde ir, só queria fugir da vida que tínhamos construído, daquele ciclo de brutalidade e ternura. Por hábito, minhas pernas me levaram até as portas da igreja paroquial de São Salvador, que se assomava lindamente à beira do Tâmisa. Eu ia muito lá à noite para rezar, pensar e ver as pessoas bonitas chegarem em busca de absolvição. Buscando o próprio pedaço da eternidade que eu tinha em abundância.

No entanto, naquela noite, eu teria dado qualquer coisa para ser uma garota mortal mais uma vez, com a pele se degradando tão depressa quanto a minha beleza florescera. Uma vida infinitesimal parecia preferível a uma vida infinita atrás de você, como um cachorro.

Recuei para a escuridão da catedral, meu cabelo pingava e a barra da saia sujava de lama o chão de mármore. Quando menina, eu aprendera que as igrejas eram a morada de Deus. Costumava espiar cada pequeno santuário e fenda nas paredes rachadas da capela da aldeia procurando por Ele. O padre dizia que Deus estava em tudo: no pão da comunhão, no choro dos recém-nascidos e até em mim. Ouvir aquilo fizera com que eu me sentisse limpa como a neve que acaba de cair. Mas fazia muito tempo desde que tinha me sentido limpa.

Como Cristo, eu tivera muita intimidade com a violência e os pecados do mundo, mas não saíra ilesa. A violência agora me parecia santidade. Talvez eu tivesse renunciado a alguma coisa na noite em que provei seu sangue pela primeira vez, e o lugar dentro de mim onde Deus costumava habitar estava vazio. Eu esperava que não, sobretudo naquela noite. Precisava de força divina nas minhas veias. Precisava de algum senso de valor além da sua aprovação, que era conquistada a duras penas.

Afundando em um genuflexório próximo, abaixei a cabeça e respirei, trêmula. Estava orando cada vez menos, e as palavras do Pai-Nosso pareciam desajeitadas na minha boca. Mas continuei, minhas mãos entrelaçadas com tanta força que os nós dos dedos ficaram brancos.

"Por favor, Deus", implorei, com um sussurro minúsculo que ecoava pela catedral cavernosa. "Faça-me forte. Estou tão cansada de ser fraca."

Não sei por quanto tempo fiquei assim, curvada, recitando uma ladainha de orações. A escuridão me envolvia e me abraçava como um amiga próxima, encobrindo minhas lágrimas e disfarçando meu rosto dos poucos outros penitentes que passavam. Eu rezava em silêncio enquanto eles acendiam suas velas, tão satisfeita com o meu cantinho sombrio da igreja quanto uma criança nos braços da mãe.

Todos os sermões equiparavam Deus a uma luz triunfante e abrasadora, subindo no leste para afastar demônios e doenças. Mas eu me perguntava se o Criador do dia também habitava a noite, guiando todos nós na escuridão. Talvez eu não tivesse sido abandonada quando fiz da noite meu lar eterno.

O pensamento gerou um calafrio quente no meu corpo, e naquele momento consegui entender o arrebatamento dos místicos que irromperam em lágrimas ao sentirem a presença de Deus.

"Constanta", chamou uma voz atrás de mim. Engoli em seco, despertada dos meus devaneios. Por um momento, não sabia onde estava ou quem eu era.

Mas não foi Deus quem falou.

Foi você.

Você estava atrás de mim, com a capa comprida, segurando o chapéu nas mãos. Eu poderia ter acreditado que você estava arrependido, se não fosse pela sua expressão. Altivo como sempre, mas com sinais reveladores da fúria contida que eu já aprendera a reconhecer. Seus lábios estavam contraídos, e notei um sulco entre as sobrancelhas.

"Faz uma hora que estou à sua procura", você falou, com a voz tão calma que meu estômago estremeceu. Acho que nunca vira você tão bravo. Não tinha ideia do que você faria comigo, e estava apavorada.

Que bom, eu quis dizer. Quis cuspir essas palavras no chão aos seus pés e ver o choque atravessar seu rosto. Queria causar em você uma vida inteira de inconveniências; fincar os pés no chão na próxima vez que você tentasse nos fazer mudar; chutar e gritar quando tentasse impor seu toque de recolher. Queria encher a catedral com acusações de todas as coisas cruéis e controladoras que você já tinha feito comigo ou com Magdalena, e obrigar você a responder por elas.

Mas, em vez disso, tudo que consegui dizer foi:

"Sinto muito."

Você estendeu a mão para mim em silêncio. Eu me levantei, com as pernas trêmulas, e dei alguns passos hesitantes na sua direção. Naquele momento, eu não era capaz de prever o que aconteceria. Você poderia me beijar ou cortar minha garganta, e ambas as coisas teriam feito muito sentido.

Ainda assim, caminhei até você. Foram passos lentos e obedientes. Andei com calma, mas deveria ter corrido para o outro lado.

Sua mão deslizou pelo meu pescoço e seus dedos se enroscaram no meu cabelo. Devagar, fecharam-se em um aperto doloroso, e você inclinou minha cabeça para trás, para que eu o encarasse. Seus olhos estavam completamente escuros, desprovidos de qualquer piedade.

"Chega de fugir, certo?", você falou, em uma voz baixa e sedosa.

"Chega de fugir", sussurrei, enquanto lágrimas brotavam dos meus olhos. O que mais eu poderia ter feito? Eu pertencia a você. Não havia mundo para mim fora do alcance do seu olhar atento, nenhum passado ou futuro. Havia apenas este momento, você me segurando como um gatinho pela nuca enquanto seu sangue corria nas minhas veias.

Você me beijou. Um beijo punitivo que durou até meus lábios ficarem machucados, até quase não restar ar nos meus pulmões. A força do seu amor quase me derrubou de joelhos. Eu não era uma mulher; era apenas uma suplicante, uma peregrina que tropeçara em seu altar sombrio e estava condenada a adorá-lo para sempre.

Não sei no que estava pensando quando achei que fosse forte o bastante para partir.

Os anos foram passando, e nossa lua de mel com Magdalena foi se acomodando na vida doméstica cotidiana conforme o mundo mudava ao nosso redor. Pascal, Newton e Descartes criavam teorias avançadas no mundo, para seu deleite e êxtase; e a máquina a vapor revolucionou a agricultura e o comércio. O poder da Europa cresceu aos trancos e barrancos, assim como a brutalidade: as cidades ficaram maiores e mais sujas, a expansão imperial se difundiu, e meus espartilhos ficaram mais apertados e elaborados.

Na virada do século XVIII, cruzáramos a Europa tantas vezes que já tínhamos visto belas praças de cidades e cercos de capitais, passando tanto por cenas pastorais de colheita quanto por campos arrasados pela guerra. O mundo girava em seu eixo, sempre em círculos, sempre voltando para onde começava, mas nós não mudávamos. Os maiores filósofos que a Europa tinha a oferecer declaravam que estávamos em uma era iluminada, saindo da escuridão rudimentar e progredindo rumo à civilização elevada, mas eu tinha dificuldade de acreditar. Na minha opinião, a constante belicosidade das potências imperiais e a captura brutal de seres humanos para tráfico eram marcas sombrias em qualquer pretensão de esclarecimento.

Você permanecia fascinado pela ascensão e queda cíclicas do animal humano, atraído como um lobo faminto para impérios que mancavam com a pata ferida. E Magdalena permanecia irredutível em manter correspondência com as maiores mentes de qualquer século, trocando cartas com reis, cortesãs e filósofos da corte. Era dotada de um intelecto incomparável, e ansiava pelo estímulo de oferecer aconselhamento em questões políticas. Editais e coroações eram como peças de xadrez para Magdalena, que tinha uma capacidade incrível de prever como um chefe de Estado responderia ao tratado de outro. Ela parecia encontrar um senso de propósito nessas trocas, e às vezes escrevia tantas cartas em um só dia que andava pelos nossos aposentos ditando os pensamentos enquanto eu os anotava.

Mas ela nunca teve permissão de conhecer qualquer um desses iluminados. Você desconfiava de qualquer um que tentasse se aproximar dela. Ciúmes, era o que eu e Magdalena concordávamos em particular. Nunca diríamos isso na sua frente, é claro, pois não queríamos arriscar despertar um dos seus humores sombrios. Àquela altura, Magdalena também já vira muitos deles, tendo sido largada para trás em uma esquina movimentada ao dizer algo que o ofendeu, ou repreendida quanto tentou argumentar sobre por que deveria poder caçar sozinha. Você a mantinha sempre por perto, insistindo que era porque a amava, porque queria protegê-la e não suportava ficar sem ela.

Como alguém que tinha sido amada dessa forma por séculos, eu também sabia que era muito mais fácil ficar de olho em alguém que estava próximo, para guiar sua mente e dirigir seus passos.

Você transformava esse tipo de violência silenciosa em arte. Estava tão entranhado nas nossas cabeças que suas sugestões gentis às vezes pareciam nossos próprios pensamentos.

E, por muito tempo, Magdalena simplesmente pensou que não adiantava de nada manter correspondência com grandes mentes que apenas murchariam e morreriam em um piscar de olhos imortais. Aos poucos, aposentou os artigos de papelaria e parou de aceitar cartas. Continuamos nos mudando, sem nunca ficar em um lugar por tempo suficiente para que os locais desconfiassem da nossa natureza, mas paramos de seguir os caprichos aventureiros dela de viajar de nação em nação. Viajávamos segundo a sua bússola, cujo norte eram os seus interesses. Assim como tinha sido antes de ela se juntar à nossa família. E Magdalena, minha pobre e adorável Magdalena, começou a desvanecer.

Começou com a fadiga, os longos períodos de cansaço profundo que a faziam dormir não apenas durante o dia, mas também por quase toda a noite.

A melancolia dela era palpável, exalando da pele como o cheiro doce e pegajoso da morte. Ela logo perdeu o interesse por todas as suas antigas diversões favoritas, até mesmo a caça. Eu tinha que pegá-la pela mão e puxá-la porta afora comigo, à noite, para convencê-la a se alimentar. Certa vez, vi você levar aos lábios dela um copo de cristal com sangue que já esfriava, do jeito que se alimenta uma criança, só para fazê-la comer. Você murmurou algo em grego, uma língua que soou terna e íntima ao meu ouvido, e a encorajou a encontrar forças para sair da cama.

Nos dias ruins, eu ficava deitada no escuro ao lado dela, alisando os cachos escuros e cantarolando trechos das canções que minha avó costumava cantar para mim. Às vezes, ela sorria ou chorava. Outras, só olhava através de mim, como se eu nem estivesse lá. Eram os dias mais difíceis.

"O que há de errado, minha querida?", perguntei baixinho, em uma noite particularmente ruim. Dois dias antes, Magdalena estava no topo do mundo, rindo das suas piadas, enfeitando-se em frente ao espelho e espreitando as ruas como uma bela pantera à procura da presa noturna. Estava em chamas, mal precisava dormir, tão cheia de ideias que mal conseguia juntá-las em uma só frase. Agora, quase não conseguia escovar o próprio cabelo.

"Você age como se não estivesse mais interessada em viver", sussurrei, com a voz falhando.

Magdalena me encarou com olhos vazios.

"Eu quero viver", sussurrou de volta. Era provável que estivesse com medo de que você a ouvisse, dos seus aposentos ao lado. "Mas quero viver *no* mundo, não na periferia. Os dias passam e passam, Constanta, e nunca mudam... Estou cansada."

Fizemos o possível para aprender a conviver com a melancolia de Magdalena, que com o tempo pareceu se tornar uma quarta pessoa no casamento. Às vezes, ela voltava a ser vivaz como sempre, e isso durava por dias, ou até anos, mas a melancolia sempre retornava, chamando-a como um antigo amante indesejado que interrompe um casamento.

Você determinou que eram as nossas frequentes mudanças que estavam agitando a mente perturbada dela, então nos estabelecemos em Berlim, no crepúsculo do século XIX. O recém-criado império alemão estava em plena floração, com o kaiser presidindo uma capital repleta de fábricas e teatros. O centro da cidade era grande o suficiente para prender até mesmo a sua atenção por várias décadas; cheio de riquezas e bairros pobres, criminosos e mentes científicas extraordinárias, todos se movendo juntos em um grande mar humano. Você podia enfiar as suas garras nos pontos fracos da cidade todas as noites, e Magdalena podia se divertir com óperas alemãs, *revues* parisienses e apresentações de balé russo sempre que a escuridão começava a invadir o cérebro. Funcionou por um tempo. Mas mesmo uma vida de lazer perfeito não era suficiente para acalmar o desejo dela de liberdade verdadeira.

Ela queria, acima de tudo, uma vida livre das convenções, e até mesmo das pessoas que amava. Assim, a luz de Magdalena começou a se apagar mais uma vez.

Certa vez, ela dormiu por dias, acordando apenas em rompantes intermitentes para recusar água, recusar comida e pedir para ser deixada sozinha na escuridão. Mas, no terceiro dia, ela se levantou da cama e pediu sangue. Você matou a pessoa mais bonita da nossa criadagem para ela, oferecendo a melhor refeição do nosso estoque. Por fim, a cor voltou para as bochechas dela, e a força estava fluindo mais uma vez no seu corpo. Magdalena voltou, sorrindo aquele sorriso iluminado, como se dias antes não tivesse andado no fio da navalha da destruição.

Seus medos, no entanto, não tiveram fim.

"Ela precisa de um médico. Um psiquiatra, ou algo assim. Ela precisa de tratamento, Constanta. Para ser controlada."

Você andava pela sala de um lado para o outro, preocupado, enquanto Magdalena dormia na sua cama. A fadiga estava vindo pegá-la outra vez, e você temia o que aconteceria quando a melancolia tivesse colocado por completo as mãos nela.

"Ela está doente", falei, tão delicada quanto pude, mantendo os olhos no bordado. Queria defendê-la, mas também queria evitar sua ira. Seu humor melhorara por um tempo depois que você trouxera Magdalena para morar conosco, mas seu temperamento estava voltando a ficar cada vez mais irritadiço. "Ela não precisa ser controlada, precisa do remédio certo."

"E que remédio seria esse?"

Lancei um rápido olhar para você, então me voltei para o nó francês que estava bordando.

"Ar fresco. Uma caminhada estimulante pela cidade, sozinha."

"Quando ela não está perturbada, fica agitada e inquieta. Desvio os olhos por um momento e ela se mete em confusão. Não dá para confiar."

"Mentes igualmente afiadas para se corresponder", continuei, engolindo o medo. Precisava pedir, pelo bem de Magdalena. Sabia que precisava. "Uma amizade que não seja também uma amante."

"Para que ela precisaria de estranhos colocando ideias estrangeiras na cabeça dela, virando-a contra a nossa espécie? Magdalena tem nós dois, tem poder, tem o mundo de bandeja. Deveria estar agradecida."

Sua voz tinha uma pequena sugestão de ameaça que fez o meu sangue gelar. Minha mente voltou às cartas que encontrara. Tantos outros amantes que desapareceram da face da terra, apagados da sua memória, exceto por algumas lembranças.

Por acaso algum ficara doente como Magdalena? Perdera o brilho quando não tinha mais como adorá-lo e sorrir para você a cada hora do dia?

"Foi isso que aconteceu com os outros?", perguntei, antes que pudesse me conter. O assunto passara anos corroendo o fundo da minha mente, e eu mal podia acreditar que estava mesmo falando nisso. Mas lá estávamos, no terrível clímax de tantas discussões abafadas. "Eles não eram gratos o bastante?"

Disparei as palavras em um acesso de raiva, mil pequenas faltas de consideração borbulharam à superfície em um momento tolo e imprudente. Assim que as palavras saíram da minha boca, meus músculos se contraíram de pavor. *Deus. O que eu tinha feito?*

Você se virou para mim devagar, e a perplexidade e a raiva ocuparam o seu rosto na mesma medida.

"O que você disse?"

Abri a boca, mas nenhum som saiu. Meu bordado experiente hesitou, e furei o polegar com a agulha. Estava com tanto medo que mal senti.

"Você vasculhou minhas coisas?", você perguntou, cruzando os braços. De repente me dei conta do quão alto você era e do quão pequena eu era em comparação.

Balancei a cabeça depressa, deixando o bordado abandonado no colo.

"Não, não sei o que você quer dizer. Eu só... Só presumi que existiram outros. Antes de nós. Você viveu muito tempo, meu senhor."

Você me encarou por um longo período, como se suspeitasse que eu não era de ouro, e sim um latão folheado.

"Existiram outros", falou, por fim.

As palavras me atravessaram como um choque elétrico. Eu tinha todas as evidências de que precisava dos seus casos amorosos passados, mas ouvir diretamente dos seus lábios... Não era o amor que me deixava nauseada; era o quanto você tinha escondido de mim, e por quanto tempo.

"O que aconteceu?", perguntei, com a garganta seca. Se tinha chegado até aqui, poderia fazer a pergunta que me assombrava à noite. Não havia como retirar o que tinha dito, e me odiaria para sempre se fugisse da conversa. "Onde estão agora?"

"Fugiram ou morreram", você retrucou, e seus olhos brilharam perigosamente. Seus braços ainda estavam cruzados sobre o peito, como uma criança sendo repreendida pela governanta, mas seu maxilar estava firme como o de um guerreiro pronto para o ataque. Sempre me surpreendia ver como você fazia o papel de vítima e agressor ao mesmo tempo.

"Quem os matou?", perguntei, com a voz um pouco mais alta que um sussurro. O silêncio se estendeu por um longo momento, quebrado apenas pelo tique-taque do fiel relógio alemão na sala de estar.

Você atravessou o cômodo até mim a passos largos e, por um instante horrível e impossível, achei que fosse me bater. Mas, em vez disso, você se ajoelhou, pegando minha mão ferida na sua e me encarando com seu olhar mais pesado.

"Você é jovem, desconhece os caminhos do amor. Amor é violência, minha querida; é uma tempestade que despedaça seu mundo. Quase sempre, o amor termina em tragédia, mas seguimos amando na esperança de que, desta vez, seja diferente. Desta vez, a pessoa amada nos entenderá. Não tentará fugir do nosso abraço e nem ficará descontente conosco."

Você levou meu polegar à sua boca e sugou o sangue com tanta gentileza quanto uma mãe fazendo um curativo no joelho machucado do filho.

"O amor faz de nós monstros, Constanta, e nem todo mundo é feito para a monstruosidade. Meus outros amantes enlouqueceram, criticaram a mim e rejeitaram minhas afeições, colocaram nossas vidas em risco com encontros tolos com humanos e traíram a minha confiança. Tiveram que ser abatidos, meu amor, como se faz com um cavalo com a perna quebrada. Foi misericordioso. Eu juro. Você entende?"

Balancei a cabeça devagar, e cada membro estava pesado e dormente. Mal conseguia respirar. *Abatidos*, você dissera. Feito bichos.

Você ajeitou uma mecha do meu cabelo atrás da orelha e esfregou a linha de preocupação entre minhas sobrancelhas, rearrumando meu rosto em uma imagem que você gostava.

Então pegou meu queixo na mão e apertou com tanta força que lágrimas brotaram dos meus olhos.

"Que bom", você disse, e sua voz de repente ficou sombria. "Mas fique longe dos meus aposentos."

Aquela foi a sua palavra final sobre o assunto. Fiquei sozinha na sala, abalada e à beira das lágrimas. Levei a mão à boca, pressionando para abafar um grito de horror. Foi quando eu soube que estava mesmo presa a você, que qualquer sonho de fuga era apenas dar asas à imaginação. Se eu fugisse, você me encontraria e faria comigo o que fez com aqueles outros maridos e esposas. Estremeci só de pensar, com os soluços ameaçando sair do peito.

Eu estava acorrentada a você por grilhões de ferro, assim como minha querida Magdalena. Não havia como me esquivar sem condená-la à sua ira, então resolvi ficar. Para assistir e ouvir, esperar um momento perfeito no futuro, quando Magdalena e eu pudéssemos respirar juntas ao ar livre.

Depois disso, você logo nos tirou de Berlim, como se toda a cidade tivesse estragada pela doença contínua de Magdalena. Ela ficou sentada no divã olhando pela janela, débil e pálida, enquanto você ordenava que a casa fosse empacotada o mais depressa possível. Eu me vi impotente, retorcendo as mãos enquanto você meditava, Magdalena definhava e homens estranhos tiravam minhas pinturas da parede. Não fazia ideia de como ajudar nenhum dos dois. O melhor que eu podia fazer era rastejar em silêncio para a cama de Magdalena todos os dias e acariciar seu corpo quase em coma por uma hora ou mais, então me sentar ao seu lado enquanto você se informava das notícias da manhã, ouvindo-o ler manchetes interessantes em voz alta. Não era possível consolar nenhum dos dois para que voltassem a sorrir, então aprendi a me contentar com minha própria companhia, a não assumir que deveria resolver todos os humores sombrios de Magdalena. Ela, segundo o médico que você contratou, tinha uma doença. Histeria feminina, que resultava em tédio e apatia.

Eu achava que talvez fosse mais simples que isso. Achava que ela estava desbotando, assim como as flores murcham e morrem sem a luz do sol. Magdalena vivia para a liberdade, e, tendo perdido isso, a vida perdia o brilho.

Você nunca conseguiu lhe dar a amada liberdade que ela tanto queria, já que a deixar vagar sem amarras era estritamente contra o seu projeto para nossas vidas. Mas conseguiu aumentar a alegria dela por um tempo com uma força tão poderosa que poderia muito bem ser a luz do sol e o ar livre dos quais ela abrira mão para se juntar a você. Uma força de alegria pura e irrestrita.

Só nunca esperei ter que viajar até os confins frios da Rússia para encontrá-lo.

Parte Três

S.T. Gibson

PACTO de SANGUE

SANGUIS PACTUM PARS TRIBUS

Alexi, nossa luz do sol, nosso destruidor. Meu príncipe fundido em mármore e ouro. Teríamos aguentado mais cem anos, agarrando-nos uns aos outros enquanto nos dilacerávamos, se não fosse por Alexi. Ele era o antídoto para nossas tristezas, um respingo efêmero de doçura nas nossas vidas amargas. Com Alexi na mistura, nossa casa voltou a conhecer a leveza. Pelo menos por um curto período de tempo.

Ele era tão inevitável quanto uma revolução, e anunciado com a mesma violência.

Era verão em Petrogrado, no inebriante outubro de 1919. O czar fora morto a tiros pelos bolcheviques apenas um ano antes e o vasto império russo entrara em guerra civil justo quando os esforços de reconstrução tinham começado. A nação lutava entre si, tentando definir a si mesma em um mundo que mudava depressa rumo a um destino em constante deslocamento. Mas, apesar das cicatrizes de guerra e do temperamento explosivo, a Rússia ainda era um ideal belo e misterioso na sua mente, a fonte de grande parte da sua amada filosofia e literatura. Você queria estudar os meandros de todas as escolas e sistemas políticos que lutavam por domínio. Acreditava que os conflitos traziam a alma da humanidade à superfície da sociedade e desejava mapear toda a sua extensão para os seus estudos.

"Tem certeza de que é seguro estarmos aqui?", perguntei, quando descemos do trem fumegante. A estação de Petrogrado era uma aquarela rodopiante de tons de marrom e bronze, ecoando os gritos dos vendedores de jornais e das comerciantes.

Respirei fundo e inalei o cheiro da cidade. Senti pão quente, maquinário lubrificado e sangue fresco nos paralelepípedos. Era uma cidade que estava à beira de cumprir seu potencial, ou da dissolução. Não era de se estranhar que você tivesse sido atraído para aquele centro irresistível.

Você segurou meu rosto nas mãos, sua silhueta foi envolta pelo vapor saindo do trem como um diabo em fumaça de enxofre.

"Passamos por centenas de pequenos apocalipses, você e eu, andamos ilesos pelas cinzas de incontáveis regimes em ruínas. Nós nos banqueteamos com a ruína dos impérios, Constanta. A destruição deles é nosso grande banquete."

Contraí os lábios. Onde você via um progresso glorioso, eu só via guerra, fome e desolação. Nos últimos anos, os humanos tinham aprendido a fazer máquinas tão ferozes que poderiam explodir qualquer um em pedaços, vampiro ou não. Eu me perguntava se não deveríamos estar mais preocupados com a direção para a qual o mundo estava se inclinando.

Magdalena emergiu do trem, apertando os olhos contra a tênue luz do amanhecer. Teríamos que correr até o apartamento para um longo sono antes que o sol chegasse ao auge. Você beijou a mão enluvada dela.

"Cumprimente seu novo começo, meu amor."

O apartamento que você alugou ficava perto do centro da cidade, o que era ótimo para a caça. Eu queria conseguir me lembrar mais sobre o lugar, mas não ficamos muito tempo na Rússia. O que lembro com clareza é a bela cornija do teto com moldura de coroa em volta do quarto que Magdalena e eu dividíamos, com pequenas flores de gesso branco rodopiante.

O outono se desfazia depressa em um inverno gelado, e as últimas folhas douradas, molhadas pela chuva, ainda se agarravam às árvores com bravura. Mesmo assim, passávamos quase todo o tempo fora de casa, frequentando mercados noturnos e visitando quaisquer apresentações teatrais que ainda estivessem acontecendo. Segundo você, a cidade era perigosa demais para Magdalena e eu andarmos sem um acompanhante, embora eu não conseguisse imaginar que tipo de terror um humano poderia lançar contra nós para o qual não estivéssemos preparadas. Você insistiu para que ficássemos em casa, lêssemos Puchkin, costurássemos e praticássemos nossa música, enquanto você frequentava cafés e tavernas. Você se trancafiava com radicais, constitucionalistas, anarquistas, dezembristas e representantes da Duma, catalogando-os com fascínio e êxtase. Que sinfonia vibrante de filosofia humana e desejo expostos, você comentou. Uma mistura fervente de ideias e de potencial.

Potencial. Você sempre amou essa palavra. Era atraído pelo potencial como um tubarão pelo sangue.

Magdalena quase fervilhava de ciúmes das suas conexões políticas e implorava para ser informada sobre cada golpe novo, cada princípio filosófico. Você distribuía aquelas informações como quem dava doces para uma criança, sorrindo calorosamente enquanto a provocava com seu conhecimento, ao mesmo tempo que a proibia de manter correspondências próprias. Aquilo era muito perigoso para uma mulher, você explicava.

Não é nenhuma surpresa que Magdalena e eu ficamos inquietas. Eu não resistia ao canto da sereia de uma nova língua e uma nova cultura para explorar, e Magdalena ansiava por ar fresco e novas ideias. Em momentos privados comigo, ela se referia ao tempo que passávamos no apartamento como o seu "confinamento hipócrita", e mais de uma vez tive que convencê-la a não sair para a rua. Queria deixá-la ir. Queria virar as costas enquanto ela deslizava pela janela, ou escancarar a porta quando você desaparecia de vista. Queria que ela saboreasse a liberdade, sentisse o ar salgado do mar brincando no cabelo, que encontrasse algum amante ou uma refeição em uma taverna escura. Ela ainda era jovem, vibrante e cheia de frescor. Eu tinha medo de sufocar a luz que voltava àqueles olhos escurecidos quando ela sonhava em perambular por toda Petrogrado.

Mas, meu captor, eu temia a sua ira acima de tudo. Então a mimei, calei e mantive trancada na nossa casa abafada, bem do jeitinho que você queria, sem que você sequer tivesse que pedir.

Você devia saber, senhor. Você sempre soube. Com a agudeza de um cão de caça, podia sentir o momento em que uma de nós começava a se afastar. Era quando saía o punho de ferro ou a luva de pelica. Às vezes, ambos. Mas, desde que a melancolia de Magdalena se acentuara, você preferia a doçura. Magdalena era delicada, você me confidenciou. Propensa a fraquezas emocionais e delírios da imaginação. Devemos ter cuidado ao lidar com ela, dando-lhe tudo que quiser. Eu não queria que ela fugisse e abandonasse a família, queria? Eu não queria perder minha única amiga. Melhor convencê-la a ficar, não importava como.

Só percebi o que você quis dizer quando fomos levadas ao estúdio do artista. Ele era um dos seus favoritos, elogiado no café pela política progressista e o domínio da pedra, do gesso e das tintas a óleo.

"Um verdadeiro sábio", você declarou, ajudando Magdalena a vestir o casaco. "Um gênio. Vou mostrar um pouco do trabalho dele. Qualquer coisa que você quiser no estúdio, é sua. Escolha qualquer coisa bonita que lhe agrade, e nós levaremos para casa."

Na época, achei que fosse uma exibição de sua benevolência, um daqueles momentos que faziam sua gentileza parecer extravagante. Àquela altura, eu já deveria ter aprendido a esperar algum esquema.

O sótão do artista ficava espremido entre dois prédios altos, acessíveis apenas por uma escada estreita. Lá dentro, o ar fechado cheirava a gesso e flores de seda, e uma fina camada de pó branco grudava nas saias conforme Magdalena e eu caminhávamos. As paredes estavam cheias de telas em branco e molduras de madeira semiconstruídas, com cinzéis espalhados ao acaso em lonas. Era como entrar na mente atormentada de um artista trabalhando, com todos os seus pensamentos desordenados e tudo o mais. Magdalena e eu paramos para admirar cada busto e cada pintura, mas você seguiu adiante, parecendo buscar algo específico com seus olhos penetrantes.

"Erga um pouco o queixo, por favor."

A voz de um homem; distante, mas próxima. O artista, talvez?

"Quero algo mais 'imperioso'", continuou a voz, e ouvi o bater suave de um pincel contra uma paleta. "Quero ver a arrogância de Alexandre."

Você mergulhou por trás de um pano pendurado no batente de uma passagem sem porta, avançando na direção da voz. Magdalena e eu o seguimos, pisando com cuidado para evitar potes de tinta empilhados em jornal amassado.

O artista estava envolto em um avental esfarrapado, examinando o modelo enquanto comparava a realidade à fantasia que criava na tela. O modelo em questão era um jovem encantador, com cabelo dourado, olhos azuis como o mar e uma boca carnuda e travessa. Apesar da geada nas janelas, ele estava nu até a cintura, segurando um prato de frutas falsas e fazendo o possível para não tremer.

"Eu me sentiria mais imperioso se não estivesse frio como a teta do diabo", retrucou o modelo, em um tenor musical.

Olhei para você. Vi que estava observando Magdalena, que olhava o modelo. Desejo, um desejo fraco, mas inegável, como a luz de uma única vela, cintilou no rosto dela.

Engoli em seco e cruzei as mãos em frente ao corpo de forma primorosa. Depois de viver com vocês dois por tanto tempo, eu sabia pressentir que vinha problema pela frente.

"Ah, meu amigo, você veio!", exclamou o artista, com um tapinha nas suas costas. O gesto me assustou. Eu não conseguia imaginar alguém falando com você com tanta familiaridade, mas você parecia à vontade. Talvez a atitude de um camarada simpático fosse uma das suas novas personalidades. Você tecia personalidades inteiras com promessas sedutoras para se aproximar de quem precisava. Era uma das razões pelas quais conseguira nos manter vivos por tanto tempo, e uma das razões pelas quais, às vezes, eu acordava com um susto no meio do dia e ficava olhando para você, imaginando com quem estaria dividindo a cama.

"Quem são essas pombinhas lindas que você trouxe?", perguntou o artista, acariciando a barba grisalha enquanto olhava para Magdalena e para mim com um brilho nos olhos. Não um brilho malicioso, e sim amigável. Parecia mesmo feliz em vê-lo e em nos ver. Fiquei impressionada, embora um pouco preocupada com sua capacidade de convencer aquela criatura, que para você merecia a consideração de um café da manhã, de que eram amigos do peito.

"Minha esposa", você apresentou, estendendo o braço e me puxando para perto. "E minha tutelada, Magdalena. A mãe dela se afogou no Rio Spree na primavera passada, uma tragédia."

Resisti à vontade de revirar os olhos, e Magdalena quase conseguiu.

Você se deliciava ao inventar histórias sobre ela, afirmando que era sua pupila, filha, sobrinha viúva, ou irmã prestes a ser mandada para o convento. Mas eu sempre era a esposa. Acho que você nos categorizava assim não para elevar minha posição acima de Magdalena, já que éramos ambas suas esposas a portas fechadas, e sim porque ninguém acreditaria que eu fosse outra coisa senão uma matrona, uma mulher casada. Magdalena disse que eu sempre irradiava uma leve impressão de preocupação maternal.

"Claro, meu amigo", disse o artista com uma risada. "É claro."

Eu não tinha ideia se ele acreditava ou não, mas vi que não se importava muito. Um verdadeiro libertino.

"Estou congelando, Gregori", reclamou o modelo. "Ou você manda seu belo amigo e suas damas se sentarem enquanto você pinta, ou me devolve meu casaco."

"Comporte-se, Alexi", resmungou o pintor. Ele lançou um olhar de soslaio para você, pegando de volta o pincel e a paleta. "Esses jovens atores... são todos iguais. Têm a cabeça tão grande quanto a lua. Por favor, sentem-se."

Ele gesticulou para algumas cadeiras dobráveis descombinadas e nós nos sentamos, Magdalena enlaçando o braço no meu. Ela o apertou de leve quando Alexi retomou o posto. Costas arqueadas, pescoço graciosamente inclinado, olhos sombreados por cílios grossos tão loiros que eram quase transparentes. Era um dos homens mais bonitos que eu já tinha visto. E não poderia ter mais de dezenove anos.

Desejo e um sentimento ruim se enroscaram no meu estômago.

Observamos, apreciando com paciência enquanto o pintor trabalhava. De vez em quando você apontava uma linda peça de estatuária no estúdio para Magdalena, que assentia em aprovação. Mas seus olhos continuavam rastejando de volta para Alexi em pequenos lampejos que seriam invisíveis para alguém que não conhecesse você tão bem quanto eu o conhecia. Seus olhares para ele eram como golinhos de vinho no jantar, e o jovem fazia o possível para não corar sob sua contemplação. Quando os olhos dele encontraram os seus, com uma jogada impaciente de cabeça, calculada para parecer natural, a eletricidade entre vocês dois atravessou meu coração como uma agulha.

É óbvio. Eu não deveria ter acreditado que você seria capaz de algum gesto de generosidade sem motivos escusos. Pressionei os lábios em uma linha fina e branca, e faíscas de raiva despontaram no meu peito.

Eu não permitiria que você fizesse isso conosco. De novo, não.

"Marido, vamos dar uma volta comigo pelo estúdio", pedi com a voz baixinha enquanto me levantava. Lancei um olhar que lhe dizia que eu não aceitaria recusa e estendi o braço, à espera. Você arqueou uma sobrancelha, mas obedeceu, entrelaçando nossos braços enquanto me conduzia em um círculo lento pelos limites do estúdio. Tenho certeza de que nossos modos antiquados devem ter parecido estranhos para Gregori, com suas ideias radicais sobre igualdade entre os sexos e uma sociedade sem hierarquia, mas eu sabia o meu lugar. Conhecia as circunstâncias em que poderia pedir uma palavra em particular com você e sabia como aproveitá-las para obter o melhor efeito.

Esperei até que estivéssemos fora do alcance da escuta para expor minha reclamação.

"Você o quer. O modelo. Posso sentir o cheiro em você. Como uma doença."

"Você também", foi sua resposta. "Assim como Magdalena. Por que isso deveria mudar qualquer coisa?"

"Não tente fazer essa conversa ser sobre mim. Ele é a obra de arte que você pretende que levemos para casa, não é? Um menino. Ele é um pobre garoto vulnerável, e o que você fez? Escolheu o menino? Fez promessas para ele?"

"Não fiz nada disso."

"É mentira", retruquei, cerrando os dentes. "Deus, quantas mentiras você me contou durante a nossa vida juntos? Mal posso distingui-las da verdade."

"Mantenha a voz baixa", você mandou, com um tom mortalmente baixo. "Você está ficando histérica. Olhe para mim, Constanta, meu amor."

Encontrei seus olhos. Tão pretos, como se eu pudesse cair neles e nunca mais encontrar a saída.

"Eu não te enganei", você disse, muito calmo. "Pelo menos, não conscientemente. Alexi foi um acidente. Mas um feliz acidente, não acha?"

Você inclinou a cabeça para o modelo, que ria e flertava com Magdalena. Ela se aproximara de Alexi e estava segurando a bolsa com firmeza enquanto ele a fazia rir. Estava com os olhos brilhantes, e havia cor em suas bochechas. Parecia mais viva do que em anos, e era tudo por causa daquele garoto de cabelos dourados com a língua afiada e olhos quentes como o verão.

"Veja quanta alegria Alexi traz a ela", você murmurou, sua boca tão perto do meu ouvido quanto a cobra deve ter estado de Eva no jardim. "Ela voltou a sorrir. Quando foi a última vez que vimos isso?"

"Faz muito tempo", admiti, tristonha.

"Talvez todos nós possamos ser felizes assim", você insistiu. "Juntos."

"Ele é jovem demais", argumentei, um último esforço valente para ser a voz da razão. "Ele é pouco mais que uma criança. Você roubaria o resto da vida dele."

"Olhe em volta. Que vida é essa? Quando acha que foi a última vez que ele comeu bem? Se o deixarmos, ele morrerá de fome."

Você segurou meu rosto nas mãos. Os polegares fizeram pequenos círculos nas minhas maçãs do rosto, com tanta ternura que quase comecei a chorar. Você sempre soube como descongelar meu coração sempre que eu o congelava para me opor a você.

"Seria uma gentileza imensa, Constanta", você observou, com a voz suave. "Ele não tem mais ninguém."

Eu deveria ter dito não. Deveria ter batido o pé, começado a chorar, ou exigido friamente que partíssemos de imediato. Mas não fiz isso. Eu te amava demais, meu senhor. Ansiava por você como as donzelas anseiam pela sepultura, como a morte queima pelo toque humano: um desejo inconsolável, implacável, buscando a aniquilação no seu beijo. Eu não tinha prática em dizer não para você.

E havia Magdalena, tão parecida com seu antigo eu que me trazia lágrimas aos olhos. E aquele menino, tão magro, tão bonito e tão, tão jovem. Sozinho naquela cidade dilacerada pela revolução, sem nenhuma mãe para garantir que chegaria em casa em segurança todas as noites. Eu não sabia quanto ele ganhava posando para pinturas, mas era provável que mal desse para comprar pão. Conosco, pelo menos, ele teria uma chance de felicidade.

Ou de desespero esmagador. O mesmo desespero que levava você à pesquisa frenética, que consumia Magdalena em uma nuvem sombria, que me levava a chorar nos braços de um Deus no qual eu não tinha certeza se ainda acreditava. Nenhum de nós era imune a isso, pois esse era um subproduto das nossas vidas não naturais. As pessoas não foram feitas para viver para sempre. Agora sei disso.

Mas, naquele momento, eu ainda estava otimista. Ainda queria acreditar que estava vivendo em um conto de fadas, que me deitava todas as noites com um príncipe, não um lobo. Eu queria acreditar em você.

"Eu vou permitir isso", sussurrei. "Mas pelo bem de Magdalena e do menino. Não por você."

Foi uma das coisas mais ousadas que eu já lhe disse. Esperava uma resposta ríspida, mas você apenas ergueu as sobrancelhas e assentiu. Quase como se tivesse se deparado com um respeito recém-descoberto por mim.

"E não estou dizendo que ele pode ficar para sempre", continuei, segurando as mãos trêmulas às costas. "Não preciso de um irmãozinho ou de uma criança para cuidar até que se torne saudável."

Mesmo naquele momento, eu sabia que era mentira. Observei o rapaz fazer malabarismos com maçãs de cera enquanto Magdalena aplaudia, as linhas das costelas despontando na pele fina, e queria muito passar os dedos pelo cabelo dele enquanto levava uma xícara de caldo aos seus lábios. Queria preparar um banquete para ele, deixá-lo reclinar no meu colo e dizer-lhe para comer o quanto quisesse.

Eu tinha um fraco pela fraqueza, assim como você.

"Óbvio", você respondeu, em um tom de voz especificamente projetado para me acalmar. Aquele com que você fazia suas promessas tão frágeis. "Todos teríamos que concordar com algo assim."

Você voltou para Alexi, envolto em tecido, parecendo o mítico Ganímedes. Provavelmente foi por isso que ele chamou sua atenção. Você tinha um apreço desapaixonado pela estética; depois de uma vida tão longa, só as simetrias mais perfeitas poderiam surpreendê-lo. Ainda assim, uma veia romântica espreitava na sua mente racional, e você adorava trabalhar cercado de coisas belas, fosse o cenário panorâmico de uma cidade antiga, os interiores barrocos de um apartamento elegante ou os rostos adoráveis dos seus cônjuges. Você adorava nos colecionar e exibir como uma czarina exibe as joias da família.

Você conversou um pouco com Alexi enquanto o pintor resmungava e tentava capturar a curva da garganta dele e o volume convidativo dos lábios. Alexi fez o possível para não sorrir ou corar sob o seu olhar, mas sem muito sucesso. Os olhos dele não paravam de deslizar para Magdalena e para mim com uma ousadia quase escandalosa. Era mesmo um sem-vergonha.

Você notou os olhares dele e respondeu com um sorriso clandestino. Parecia ter um prazer especial em vê-lo nos observar.

"Ouvi dizer que não tem uma família para cuidar de você", foi seu comentário. "Diga-me, já quis ter irmãs?"

Alexi deu uma risada nervosa, mas notei um leve arrepio atravessar-lhe o torso, um arrepio causado pelo que a sua pergunta implicava. Ele sabia exatamente do que você estava falando. Eu me perguntei quantas vezes vocês dois já tinham se encontrado. Se você já tinha feito promessas sombrias com os lábios no pescoço dele e a mão por baixo da camisa. Afastei o pensamento o mais rápido que pude. Você não faria isso conosco. Você aprendera a lição após Magdalena; eu só estava sendo paranoica.

"Gostaria de ir embora?", você perguntou, diante do silêncio dele. Eu conhecia aquele tom. Já o ouvira isso antes, caída na lama e no sangue do meu país natal, e depois no palácio de Magdalena. Havia um duplo sentido silencioso, uma pergunta que encobria outra muito mais importante.

Alexi ficou ainda mais corado, se é que isso era possível.

"Com vocês?"

"Conosco."

Senti Magdalena perder o fôlego ao meu lado, notei os batimentos cardíacos dela pulsarem mais rápido sob a força do aperto da mão dela na minha. Percebi que minha própria respiração estava rápida e superficial. O que estávamos fazendo? O que eu estava permitindo? E por que me sentia impotente para impedir aquilo?

Alexi engoliu em seco, então assentiu, com um olhar vidrado nos olhos.

"Quanto você pagou por ele?", você perguntou ao pintor, quebrando o escaldante contato visual com Alexi por apenas um momento. "Qual foi o valor para ele modelar?"

O pintor respondeu. Você tirou três vezes a quantia da bolsa e colocou nas mãos dele.

"Por roubar um modelo tão inspirador", você explicou, como um pedido de desculpas.

Você estendeu a mão enluvada para Alexi, dando-lhe as boas-vindas e o conduzindo por uma porta invisível pela qual Magdalena e eu já tínhamos passado. Meu coração batia descontrolado. Parte de mim queria se jogar entre você e Alexi e dizer ao menino para ir embora, esquecer tudo que tinha visto e ouvido. Mas outra parte queria recebê-lo na nossa carruagem quente e alimentá-lo com frutas até que estivesse saciado.

Alexi deixou o tecido escorregar dos ombros enquanto descia do estrado. Você tirou seu casaco de inverno de pele de foca e o enrolou no rapaz, que cambaleou sob o peso de toda aquela elegância. Magdalena sorriu diante daquele joguinho e deu um passo à frente para reivindicar o prêmio, tirando a estola de visom e colocando-a em volta do pescoço dele. Fui a última, tirando as luvas de inverno enquanto caminhava em direção ao garoto cuja vida eu estava prestes a salvar ou a arruinar para sempre.

A pele de Alexi era tão quente que senti as pontas dos meus dedos arderem quando segurei as mãos dele. Com toda a delicadeza, puxei o tecido sobre os pulsos dele, sentindo os pequenos ossos da mão, tão perto da superfície. Quando o encarei nos olhos, encontrei um olhar de profunda reverência, como uma criança olharia para uma estátua da Madona.

Naquele momento, meu coração se rachou em uma fratura fina que nunca foi reparada. Era uma ferida no formato do nome de Alexi, e eu mal sabia como guardar todo aquele sentimento dentro de mim. Meu coração se expandia, abrindo espaço para ele em um mundo já definido por dois grandes amores, e era uma dor tão doce. Mas era diferente da minha obsessão por você, da minha paixão por Magdalena. Era o amor de uma mulher pelas crianças sob seus cuidados, uma floração primaveril de afeição e ternura.

Não que eu não o desejasse também. Ele me tirava o fôlego só de olhar, e a doce fragrância do sangue que pairava sobre a pele dele me fazia salivar, como açúcar de confeiteiro. Mas minha vontade de protegê-lo era muito mais forte.

Na época, eu achava que
o estava protegendo do mundo.
Da guerra, da fome e da pobreza.
Mas agora sei que também
estava me preparando para
protegê-lo de uma ameaça
muito mais presente.

Você.

Eu só não estava pronta
para admitir isso para
mim mesma.

Você o conduziu porta afora com o braço possessivo sobre os ombros dele, Magdalena e eu seguimos atrás, com nossos braços entrelaçados. A carruagem esperava, convidativa, e a nogueira polida e lustrosa reluzia na paisagem invernal como sangue intenso na neve nova.

"Vamos fazer isso agora?", perguntou Alexi, encarando você com aqueles olhos redondos. "Você disse..."

"Discrição", você repreendeu, puxando-o para mais perto, para que ninguém na rua o ouvisse. "Você prometeu que sabia ser discreto."

"Eu sou! Só estava perguntando..."

"Sim, meu pequeno príncipe, vamos fazer isso agora."

A carruagem era escura e quente, forrada de peles, com uma garrafa gelada de champanhe à espera. Alexi se acomodou, hesitante, como se nunca tivesse viajado em tais acomodações. Os olhos azuis brilhavam na escuridão de forma convidativa enquanto você ajudava Magdalena e eu a entrarmos na carruagem. Enfim, você entrou e mandou que o motorista nos levasse para casa.

Sua boca colou na dele no instante em que a porta se fechou, buscando o beijo como um homem enlutado busca uma bebida forte. Alexi estremeceu e floresceu sob seus lábios, deslizando um braço em volta do seu pescoço enquanto o outro se estendeu para Magdalena. Ela se acomodou ao lado da jovem beldade, acariciando o pescoço dele, enquanto eu me sentava aos seus pés. Você interrompeu o beijo por tempo suficiente para se virar para mim e pegar meu rosto nas mãos, deixando Alexi e Magdalena um para o outro.

Você me beijou profundamente. Sua boca, que costumava ser gélida, agora estava quente com o gosto dele, e meus músculos afrouxaram sob seus cuidados. Alexi perseguiu os beijos de Magdalena com um sorriso, os dentes brancos brilhando na carruagem fechada. Em instantes, o chapéu dela foi descartado, e os cachos cascateavam sobre os ombros.

"Eu te amo", você disse, contra minha boca. Parecia estar elaborando um tratado de paz para proteger as fronteiras de um terreno contestado. "Eu juro."

Senti um nó na garganta, não sei se de medo, de desejo ou do estranho pressentimento que martelava desde o momento em que coloquei os olhos em Alexi. Eu precisava de ar fresco, mas a carruagem era quente e abafada, e já estávamos na estrada. Não havia para onde ir. Nunca houve nenhum lugar para ir.

"Alexi", você começou, com a voz rouca de desejo. Então o puxou para o colo e segurou o queixo dele. O aperto era forte o suficiente para deixar marcas na pele enquanto o pesado casaco de foca deslizava dos ombros dele.

"Tem certeza de que quer isso?", você perguntou. "Pode ir embora se quiser."

Alexi olhou para você, os lábios do garoto estavam avermelhados com o batom de Magdalena, e os olhos, enuviados com uma devoção abjeta e tão familiar que atravessou o meu coração como uma adaga. Eu conhecia aquele olhar. Sabia como era estar nos seus braços, suspensa no lugar, como uma mosca presa em uma teia. Não havia como dizer não para você, não em um momento como aquele, depois de atrair a presa para o seu mundo de luxúria e elegância. Quando você sorriu para ele, Alexi estava além de qualquer retorno.

Tentei muito não pensar em quando isso poderia ter acontecido. Em quanto tempo você estivera planejando arrebatar esse garoto.

Alexi envolveu seu pulso com os dedos e deslizou sua mão para baixo, até que ficasse em volta do pescoço dele, pressionando-a de leve contra a jugular.

"Isso é tudo que eu quero", foi a resposta. "Eu sou seu."

Você o encarou nos olhos com curiosidade, talvez se perguntando se ele sabia como seria fácil quebrar aquele pescoço. Conhecendo Alexi, suspeito que sim.

"Prometo a você pão e ovas", declarou você. "Faisão e cavala, vodca e romãs de agora até a eternidade. Governantes e bailarinos jantarão à nossa mesa, e você só conhecerá a plenitude."

Alexi o beijou outra vez, faminto pela própria aniquilação. Você enroscou os dedos nos meus, puxando-me para mais perto, e Magdalena se aproximou pelo outro lado, com os olhos escuros reluzindo de desejo.

Ela o mordeu primeiro, os dentes afiados picando a ponta do dedo dele. Alexi nem gritou, só estendeu a outra mão para mim. Quão livremente ele se oferecia! Todo o entusiasmo da juventude sem nada da sabedoria e cautela da idade. A hesitação ardia no fundo dos meus pensamentos, mas o cheiro inebriante de sangue começou a encher a carruagem, e Alexi era tão adorável e tão disposto...

Beijei o pulso dele, um pedido de desculpas antes de enterrar os dentes naquela pele. O sangue era fresco e doce como uma uva madura, escorrendo pelo meu queixo enquanto eu bebia com avidez. Eu poderia tê-lo drenado e ainda ter sede de mais.

Você o segurou pela garganta, vendo as ondas de êxtase cruzarem o rosto dele enquanto Magdalena e eu bebíamos. Alexi parecia um Cristo jovem e ágil, crucificado entre duas belas mulheres, e você era a cruz.

Alexi soltou um gemidinho, e por um momento pensei que estava implorando para que a dor parasse. Então percebi que estava pedindo mais.

Você inclinou a cabeça dele para trás e afundou os dentes na jugular, até as gengivas. Todo o corpo dele estremeceu.

Nós três nos banqueteamos por alguns deliciosos minutos antes de você recuar, com as pupilas inchadas pela sede de sangue, a boca manchada de vermelho, e mandar: "Chega. Chega! Ele precisa estar consciente. Abram espaço".

Magdalena e eu despertamos da embriaguez de uma veia recém-aberta e nos afastamos para que você pudesse deitar Alexi no banco. A pele branca, beijada pelo sol, estava alarmantemente pálida, e a respiração do garoto era superficial e baixa. Você puxou a cabeça dele para o colo com toda delicadeza, e eu enxuguei o suor frio da testa dele com meu lenço enquanto meus dedos procuraram o pulso fraco. Ele estava morrendo, e rápido.

Arrependimento, frio e inabalável, fez morada no meu estômago. O que tínhamos feito?

Alexi gemeu alguma incoerência que soou como o seu nome. Você o silenciou e abriu um ferimento no pulso com os dentes, manchando de sangue os punhos da sua camisa branca.

"Não fale. Apenas beba."

Ele abriu os lábios e você derramou na boca dele o seu sangue, tão grosso e escuro que quase parecia preto na luz baixa. Alexi recebeu seu sangue na boca como quem recebe uma hóstia de comunhão, e engoliu, obediente.

Eu cuidara de Magdalena durante a transformação dela, mas naquela ocasião, o processo não parecia tanto com sentar-se no leito de morte de alguém. Realmente acredito que vi a luz sumir dos olhos de Alexi antes de voltar com um brilho renovado, antes que ele se apoiasse nos cotovelos e começasse a lamber o sangue que escorria pelas pontas dos seus dedos.

Você soltou uma risada dura e metálica, e Magdalena bateu palmas de alegria. Afinal, estávamos testemunhando um renascimento, um batismo sombrio para uma vida nova e sem fim. Mas eu não conseguia rir. Acabara de ver um menino entregar a vida a um bando de demônios que ele mal conhecia. Agora acreditava, no fundo da alma, que ele era minha responsabilidade. Precisava protegê-lo das crueldades do mundo, dos estragos da imortalidade. E mesmo de você, meu senhor.

Uma pontada de raiva queimou no meu peito. Eu tinha dito para você não fazer isso, e aqui estávamos outra vez, aumentando a família, apesar da disfunção incurável em que vivíamos. Mas, quando os olhos de Alexi se abriram e encontraram os meus, a raiva foi sufocada por uma ternura feroz.

"Bem-vindo de volta, pequeno príncipe", você cumprimentou, com um sorriso, enquanto alisava um cacho suado da testa dele. "Para onde gostaria de ir?"

"Ir?", perguntou Alexi, um pouco delirante. Morrer e voltar requer muita energia, e eu sabia como o seu sangue atravessava o corpo ardendo como um incêndio. Ele devia estar tão desorientado que sentia o gosto das cores.

"É uma lua de mel!", exclamou Magdalena, incapaz de conter a empolgação. Eu não a via tão vivaz havia anos, mas aquilo ainda não parecia certo. Alexi era um menino, não um boneco de corda para animar uma garotinha emburrada.

Por outro lado, talvez todos nós nos beneficiássemos de sangue novo na família.

Sim, passei a pensar nele como família no mesmo instante. Mesmo que tenha dito que não o receberia assim no meu coração. Mas você sempre pôde ver através das minhas mentiras cheias de esperança, não é mesmo?

"Escolha uma cidade", você explicou. "Um país."

"Qualquer lugar?", perguntou Alexi, aceitando o lenço que ofereci para limpar o sangue da boca.

"A Europa é o seu parquinho."

Alexi nem precisou pensar. Apenas abriu um sorriso enorme e deslumbrante, e percebi, com uma certeza horrível, que já estava me apaixonando por ele.

"Paris", foi a resposta.

Paris foi alegre por um tempo. Você alugou uma casa estreita de três andares bem no meio da cidade, que Magdalena dera o apelido carinhoso de "bolo de festa". De fato, ela parecia um daqueles doces franceses delicados, com um portão de ferro pontiagudo na frente e uma camada de tinta azul-clara nas paredes externas. Tínhamos um andar para cada um, sem contar o porão, reservado para os seus propósitos inescrutáveis. Quanto mais tempo morávamos juntos, mais eu suspeitava de que você não estava procurando nenhum grande avanço ou "momento eureca". Sua pesquisa não tinha muito propósito além de manter sua curiosidade insaciável ocupada para que não o devorasse assim que você virasse as costas. Era uma espécie de carta de amor narcisista para a nossa espécie, dedicar tanto tempo da sua vida para explorar a natureza dos vampiros e dos humanos, traçar distinções entre os dois.

Eu tentava não me perguntar se você estudara seus outros cônjuges da mesma forma que nos estudava. Se também estudara a maneira como morreram.

Alexi se adaptou às ruas de Paris como um peixe à água. Ele saía por vinte minutos para qualquer trivialidade e voltava cheio de notícias de algum espetáculo emocionante, demonstração política ou clube literário para o qual havia sido convidado. Não tenho ideia de como ele fazia amizade tão rápido, mas sempre ficava encantada quando ele pegava Magdalena nos braços, a beijava e começava a tagarelar sobre a mais nova ópera para a qual queria levá-la às escondidas. Você permitia que ele aceitasse talvez um em cada cinco desses eventos, mas os convites continuaram chegando. A Paris dos anos 1920 era cheia de vida, repleta de artistas, escritores e amantes. Você e Alexi saíam todas as noites para passear e fumar ao longo do Sena, deixando duas horas de privacidade para que Magdalena e eu descansássemos, fofocássemos ou caíssemos na cama.

Jantávamos juntos todas as noites, com você nos guiando na caçada como um pai encurralando a ninhada rebelde de crianças depois da missa de domingo. Em outras ocasiões, você nos deixava por conta própria. Você e Magdalena desapareciam com frequência para caçar por esporte, mas Alexi e eu preferíamos fazer nossas matanças em particular. Eu, pela propensão a perseguir a presa nos antros mais sombrios dos seus pecados; Alexi, pela propensão em atrair a presa para o covil do quarto dele.

Não fui convidada a entrar no quarto dele, pelo menos não no começo. Não era essa a natureza do nosso relacionamento. Nós nos deleitávamos com nosso amor por você e por Magdalena, mas o carinho que trocávamos era mais de mãe e filho que de amantes. A paixão era um limite que eu não ousava cruzar. Queria Alexi como ele era, alegre e irresponsável, e temia pôr em risco a ternura entre nós por algumas horas de prazer.

Talvez seja por isso eu tenha tentado protegê-lo, em vão, quando as brigas começaram.

Alexi incomodou você mais rápido do que eu ou Magdalena jamais fizemos, e as brigas começaram logo após a lua de mel. Primeiro foi uma simples irritação, uma tensão na sua voz, então começaram as discussões pelos menores desentendimentos. Alexi não tinha o meu talento para ficar invisível quando você estava de mau humor, nem a hábil bajulação de Magdalena para acalmar seus ânimos. Ele o desafiava abertamente, retrucando desde o momento em que era agredido. Tinha uma mente democrática e queria ter palavra em tudo, desde para onde nos mudaríamos até como passaríamos nossos dias. Lembrava o apetite aguçado de Magdalena para planejar viagens nos nossos primeiros dias, ou a maneira como eu abria os braços para novos lugares e novas pessoas quando ainda era jovem e cheia de vida. Não tinha percebido como Magdalena e eu estávamos resignadas com nossos papéis de esposas obedientes até Alexi entrar em cena, e o espírito argumentativo dele me assustava. Temia, sobretudo, por ele.

Eu fazia o meu melhor para tirá-lo de casa quando você estava muito irritado, um alívio que você acolhia. A energia e os apetites de Alexi eram inesgotáveis, ele era o entusiasmo da juventude capturado para sempre em um corpo imortal, e sempre exigia mais da sua atenção do que você estava disposto a dar.

"Ele pode ser tão grosseiro", reclamou Alexi, enquanto caminhávamos de braços dados por um dos becos movimentados de Paris. Mesmo à noite, a cidade fervilhava de vida. Os cafés espalhavam luz e clientes risonhos pelas ruas, e o ar cheirava a café, bolos com manteiga e legumes assados. "Não sei como você conseguiu aturá-lo por centenas de anos."

"Bem, suponho que sempre tentei não despertar o lado ruim dele", respondi, permitindo que Alexi me conduzisse ao redor de uma grande poça no meio da rua. Devíamos parecer um par estranho: Alexi, jovem e bonito com um colete de seda chamativo e a boina meio inclinada; eu, de vestido preto com gola alta e sem adornos. Sempre preferi roupas simples, embora sua riqueza tenha me aberto mundos de tecidos finos e alfaiataria especializada. Minhas roupas lembravam os vestidos simples que eu usava quando menina e impediam que qualquer olhar se demorasse em mim por tempo demais. Eu gostava da invisibilidade que a simplicidade me proporcionava, ao contrário de Magdalena, que prosperava quando era o centro das atenções.

"E qual é a graça disso?", perguntou Alexi, dando uma risada alegre feito uma trombeta. Ele acenou para um lindo casal que tomava vinho e fumava ao ar livre, em frente a um café cheio, e os dois gritaram o nome dele do outro lado da rua, na tentativa de chamá-lo para a conversa. Outros dos amigos radicais dele, Nin ou Miller ou qualquer um do grupo. Alexi tinha tantos amigos que, em geral, os nomes eram apagados da minha cabeça assim que ele nos apresentava. Eu era feita para longas caminhadas com um único parceiro de conversa, não para as discussões barulhentas de Alexi em mesas redondas. Torci para que ele não me apresentasse.

Para o meu alívio, Alexi continuou andando e me levou pela rua até uma loja de antiguidades que o fascinava. Ele te amava em parte pela sua conexão com o passado. Estava sempre pedindo velhas histórias de guerra ou contos do seu tempo nos palácios de reis e duquesas. Ele acreditava que o passado era muito mais romântico que o presente, não importa com que avidez devorasse cada migalha de doçura que o mundo moderno pudesse oferecer. Talvez fosse porque ele também já vivenciara as crueldades da modernidade e passara por muitas crises.

A loja de antiguidades estava escura e empoeirada, mas o rosto de Alexi se iluminou assim que entramos, como se aquele fosse um portal para Camelot. Ele passou os dedos por pingentes e sombrinhas, caixas de charutos e de chapéus, perdendo-se no devaneio de dias passados. Logo, a briga matinal de vocês foi esquecida, e Alexi tagarelava sobre todos os eventos históricos que gostaria de ter vivido para ver.

Não tive coragem de dizer que ele certamente viveria muita história. Duvidava que Alexi acharia a experiência tão especial quanto imaginava.

O lojista apareceu nos fundos, um homem magro com nariz de falcão.

"Posso ajudá-lo a encontrar algo, rapaz?"

"Estamos apenas absorvendo tudo", respondeu Alexi, em uma voz agradável.

"Ótimo. Se você ou sua mãe precisarem de ajuda, basta tocar a campainha, que estarei à disposição."

Ele desapareceu na sala dos fundos, e Alexi deu risada. Fiz uma careta, cruzando os braços apertados sobre o peito. Sair com Alexi de repente pareceu uma tolice. Aquilo era o que viam quando olhavam nós dois juntos: mãe e filho, ou uma governanta com um pupilo crescido demais. Meu rosto era esculpido como o de uma dama de companhia, não para encantar belos jovens.

"Poxa, Constance", Alexi ronronou baixinho enquanto se aproximava de mim. Era o apelido especial dele para mim, que sempre aquecia meu coração. "Não fique brava. Não foi nenhum absurdo."

"Não foi um absurdo porque pareço uma solteirona?", murmurei.

Alexi pegou um lenço de seda próximo, agitando-o no ar antes de enrolá-lo nos meus ombros. O toque dele era pesado e quente na minha pele, e o desejo se acumulou na minha barriga. Paris e a alimentação constante tinham eliminado o aspecto esquelético das feições dele, e só naquele momento eu notei como Alexi estava saudável e bonito.

"Não foi um absurdo porque você é bastante maternal", ele admitiu. "Ora, você é uma verdadeira Wendy para nós, as crianças perdidas."

Não pude deixar de sorrir com a comparação. Alexi me levara para ver a peça e, embora não fosse criança havia muito tempo, eu tinha gostado da encantadora história da infância eterna. Às vezes, tirar Magdalena e Alexi da cama para enfrentarmos a noite em família era como lidar com crianças.

"Isso faz dele o Peter?", perguntei, bem-humorada.

"Ele com certeza é temperamental o suficiente para o papel."

"Você não viu nada. Depois do desastre com os Harker, ele passou meses carrancudo."

"Quem são os Harker?"

"Isso faz muito tempo, meu bem. Eram uns vitorianos terríveis."

Alexi deslizou o cachecol pelos meus ombros com um floreio teatral.

"Vamos. Vou comprar isso para você, e então vamos a um café. Você ainda consegue tomar café, não é?

"Sim", menti. Por Alexi, eu conseguiria tomar alguns goles.

"Que bom", respondeu ele. "Quero lhe apresentar algumas pessoas."

Alexi tinha fome de perigo. Ele gostava de andar armado, de caminhar pela borda estreita do Sena à noite, de fazer cortes rasos na própria pele para atrair a Magdalena ou a mim em um jogo frenético na cama. Uma vez você nos encontrou juntos: nós, garotas, lambendo o sangue que se acumulava nas clavículas de Alexi feito gatinhas enquanto ele soltava gemidinhos baixos de prazer, o canivete ensanguentado ainda nas mãos.

Você arrastou o dedo mindinho pelo sangue no peito dele, traçando a primeira letra do seu nome antes de levar o dedo à boca. Até hoje, não consigo entender como você se conteve. Mesmo o menor pontinho de sangue me colocava para caçar, e eu estava sugando o corte que Alexi abrira com um desejo quase doloroso. Foi preciso cada grama do meu autocontrole para não o prender ali mesmo e rasgar a garganta dele, e tenho certeza de que Magdalena sentia o mesmo. Mas essa era a graça do jogo, óbvio.

"Sua busca por emoção ainda vai te matar", foi tudo que você disse, sem rodeios. "Não deviam beber um do outro."

"Por quê?", queixou-se Magdalena, com a boca manchada do sangue do irmão. Ela não conseguiu terminar a linha de raciocínio porque eu comecei a beijá-la com insistência.

"Porque não sei quais são os efeitos. Não pesquisei o suficiente."

"Ora, então entre aqui e faça sua pesquisa", chamou Alexi, puxando você para a cama.

Era difícil resistir aos encantos dele, como você bem sabia, assim como metade de Paris. Alexi devia ter centenas de amigos espalhados pela cidade, e fazia o possível para dividir seu tempo entre todos. Você desaprovava essas conexões e fazia o possível para mantê-lo em casa, ao alcance da mão. Relacionamentos com humanos já nasciam condenados, você insistia. Ou eles morriam inesperadamente, partindo seu coração, ou percebiam sua verdadeira natureza e tinham que ser sacrificados. Mas Alexi não se deixava dissuadir. Ele continuou fazendo amizade com atores, poetas e músicos de jazz, e continuou pressionando para você deixá-lo vagar livremente fora de casa.

"Faz séculos desde que estive no palco", implorou Alexi, certa vez. Estávamos todos voltando de uma noite no teatro, caminhando para casa e aproveitando o ar quente do verão. "Por que não me deixa fazer um teste?"

"Porque é perigoso", você retrucou, soltando um suspiro profundo. Não era a primeira vez que os dois tinham essa conversa. "Mais cedo ou mais tarde, as pessoas começariam a questionar. Perceberiam que você não envelhece. Use a cabeça, Alexi."

"Aí eu troco de trupe! Você nunca me viu atuar! Eu era tão bom! Eu juro que seria responsável."

Você abriu um sorriso tolerante.

"Por que não faz um monólogo para nós em casa, então? Teremos um espetáculo privado; não precisamos de todas essas outras pessoas. Além disso, não quero compartilhar você com os outros."

Você usou uma voz baixa e bajuladora, do jeito que falava com ele quando estava tentando atraí-lo para a cama. Alexi não pareceu convencido, mas assentiu mesmo assim.

Mais tarde naquela noite, Magdalena salientou as feições dele com pinceladas de maquiagem enquanto eu criava um pano de fundo de lençóis. Alexi performou cena após cena de memória, declarando seu amor com bravura antes de se lançar em um discurso tirânico, para então morrer lindamente no chão como Romeu. Você o aplaudiu e colocou rosas na lapela dele, falando com floreios sobre ele ser um talento único, visto uma vez a cada século. Alexi, amante dos holofotes, sorriu tanto que pensei que o sorriso ficaria gravado no rosto dele para sempre.

"Viu?", você comentou. "Não precisa sair correndo por um palco com a ralé de Paris. Nossa casa será o seu teatro; e nós, o seu público dedicado."

O sorriso de Alexi vacilou um pouco, mas ele deixou que você o beijasse.

Alexi estava totalmente arrebatado por você, seguia-o como um cachorro segue o dono. Ele adorava tudo em você, o bom e o ruim; das declarações de amor de fala mansa até os lampejos de mau humor. O amor que ele sentia por você era o amor do cartógrafo pelo mar, um amor intenso que consumia tudo, que ia muito além do alcance do certo ou do errado. Longe de se afastar do seu mau humor, ele o acolhia.

Alexi provocava e irritava você a cada passo, parecendo se deliciar com o conflito, e fazia o que queria, apesar da sua ladainha sobre as regras. Nada era sagrado para ele, que ficava feliz em cometer a mais bizarra e flagrante das gafes sempre que lhe dava vontade. Você quase sempre ignorava essas travessuras, como se ele fosse só uma criança malcomportada, provavelmente esperando que se adaptasse à nova vida com o tempo. Mas o que aconteceu foi o contrário. Quanto mais tempo Alexi morava conosco, mais inquieto ficava. No fim, mesmo as suas palavras mais doces e os presentes mais luxuosos não conseguiram aplacá-lo.

Certa noite, voltei com você de uma caçada, e todas as luzes no apartamento estavam acesas. Na porta, fomos recebidos pelo ruído de taças de champanhe tilintantes e risadas barulhentas, sons bem estranhos para aquela casa.

Você se deteve na entrada, com a mão ainda segurando a maçaneta da porta, e ficou um tempo ouvindo, em um silêncio chocado.

"Alexi", você grunhiu.

Eu o segui depressa pelo corredor em direção à sala. Alexi estava deitado no sofá com uma taça de vinho na mão, acompanhado por um grupo desorganizado de sete ou oito atores. Presumi que fossem atores por causa das roupas floridas, mas puídas, e das manchas de maquiagem no cabelo e nos punhos da camisa.

Longe de parecer arrependido, Alexi abriu um sorriso ao ver você.

"Querido!", exclamou. "Venha tomar alguma coisa conosco."

Você ficou ali, lançando um olhar fulminante, parado na própria sala, parecendo a Morte Vermelha que viera para acabar com uma festa animada. De jeito nenhum teria aprovado que Alexi trouxesse pessoas para a nossa casa. Aquele era o nosso santuário; ninguém pisava lá dentro, exceto empregados e refeições.

Você removeu as luvas de forma deliberada, um dedo de cada vez.

"Alexi", repetiu, grave e baixo. Você tinha uma habilidade incrível de transformar nossos nomes em um aviso.

Alexi ignorou a ameaça, passando o braço pelos ombros de um jovem sentado junto dele no sofá. O menino era desengonçado e ainda não ganhara corpo; tinha a mesma idade de Alexi quando você o transformou. Magdalena estava sentada do outro lado dele, parecendo encantada com o tumulto na sala de estar. Devia ter ficado surpresa quando ele trouxe os atores para casa, mas não parecia nem um pouco incomodada com a distração.

"Esses atores são ótimos e acabaram de encerrar um espetáculo maravilhoso", tagarelava Alexi. "Totalmente moderno, *avant-garde*, como dizem. Uma revelação. Venha, sente-se conosco! Constance, querida, venha você também."

Olhei para você em busca de uma deixa, mas você não desviou os olhos de Alexi, perfurando-o com o olhar. Por fim, acenou com desdém, ordenando que eu me sentasse. Então caminhou até uma poltrona livre e se empoleirou na beirada, com o rosto perigosamente plácido. Quando você organizava suas feições naquela calmaria, eu nunca sabia o que estava acontecendo sob a superfície. Aquilo me deixava apavorada.

"Magdalena, o que está acontecendo?", sussurrei de canto de boca.

Ela corou um pouco.

"Sei que deveria ter recusado a entrada deles, mas foi tão bom ter companhia, depois de todo esse tempo... Alexi disse que tinha permissão."

"Alexi mentiu", murmurei em resposta, olhando o rosto sorridente do nosso príncipe dourado e depois seu rosto pétreo. Dessa vez, Alexi dera um passo maior que a perna, eu tinha certeza. E pagaria um preço alto no instante em que vocês dois estivessem sozinhos.

Mas eu não poderia culpá-lo por trazer a trupe animada para casa, ou culpar Magdalena por deixá-los entrar. Aquelas pessoas encheram a sala de estar com luz e som, e fizeram o velho apartamento parecer confortável e habitado. Decidi que uma festa era exatamente o que aqueles belos aposentos antigos precisavam. Era assim que deveriam ser apreciados.

Uma jovem bonita em um vestido longo e brincos de penas deu a volta na sala, despejando os restos de uma garrafa de vinho em taças incompatíveis. Ao que parecia, a trupe invadira nossa cozinha intocada e pegara o que encontrara. Abri um sorriso fraco quando a jovem colocou um copo na minha mão. Ela então foi até você, de repente parecendo um pouco nervosa sob o peso dos seus olhos.

"Você bebe vinho?", perguntou, hesitante. "Também temos absinto."

Você sorriu para ela, um sorriso doce e irresistível. Um pequeno arrepio percorreu o corpo dela, fazendo-a cair na risada. Logo em seguida vi você pegando-a pela mão, em um gesto cortês, e a puxando para o colo.

Uma risada calorosa encheu a sala, e Alexi bateu palmas em aprovação. A linda amiga dele corou e cobriu a boca com a mão, mas os olhos brilharam de prazer. Quem poderia dizer não para você, afinal, com aquele sorriso charmoso no rosto?

Segurei minha taça de vinho com cautela, maravilhada com seu repentino bom humor. Não era novidade seu humor mudar sem razão, mas em geral ia da satisfação ao desprezo, não o contrário.

"Viu só?", sussurrou Magdalena com um sorriso. "Vai dar tudo certo."

Você beijou o pulso da garota e murmurou algo para ela. A jovem chegou mais perto para ouvi-lo acima da conversa agradável da festa, os cachos castanhos caindo para o lado para expor a pele marrom de um lindo pescoço. Você distribuiu beijos suaves na junção do pescoço e do ombro, ganhando piscadelas daqueles olhos de cílios escuros.

Então abriu os lábios contra a pele dela, foi gentil no início, até que pude ver o brilho dos seus dentes por toda a sala.

"Não...", comecei, levantando-me.

Você apertou a mão dela e cravou os dentes no pescoço, rápido em segurá-la quando ela gritou e tentou se afastar.

A sala mergulhou em caos. Os amigos de Alexi gritaram e largaram os copos no tapete; então se levantaram e se abraçaram, apavorados. Tudo aconteceu tão rápido que nenhum de nós teve tempo de formular uma frase.

Sem a menor cerimônia, você deixou o corpo da garota cair no chão, batendo na madeira dura, com a pele pálida e os olhos vidrados.

Alexi gritou seu nome. Mal pude ouvir acima do barulho e da correria dos atores tentando fugir da sala. Em instantes, todos os amigos dele se foram.

Magdalena urrava de raiva. Ela estava de pé, os punhos tremendo junto ao corpo. Eu estava completamente imóvel, a taça de vinho quebrada aos meus pés enquanto eu observava a vida se esvair dos olhos daquela pobre garota.

"O que você fez!", lamentou Magdalena.

"Vá para o seu quarto, Magdalena", você retrucou, limpando o sangue da boca com o punho da camisa. "Não quero nem olhar para você. Isso é obra sua. Sua e de Alexi."

"Como você poderia...?"

"*Saia*", você sibilou.

Magdalena abriu a boca para discutir, mas a ferocidade em seu olhar a silenciou. Ela saiu da sala, batendo a porta com força o bastante para eu pular de susto. Ainda estava presa ao sofá, tomada pelo choque.

Alexi estava tendo um chilique. Não tinha parado de gritar com você desde a mordida na garota, e, agora, no silêncio da sala quase vazia, eu enfim conseguia entender o que ele estava dizendo.

"Seu desgraçado! Seu monstro!"

"Nós *somos* monstros, Alexi", você retrucou, apontando para o cadáver. "Isto é o que acontece quando nos esquecemos disso. Como pôde ser tão descuidado e idiota de trazer humanos para esta casa? É isso o que acontece com eles, e você sabe."

"São meus amigos!", gritou Alexi, com o rosto vermelho. Cada centímetro dele parecia um príncipe petulante de camisa branca folgada, mas a raiva era a de um homem adulto. "Por que você não deixa que nenhum de nós tenha amigos?"

Em qualquer outra situação, você teria saído e deixado Alexi com suas emoções tempestuosas, mas ele estava bloqueando o caminho para a porta. Eu sabia por experiência própria que se Alexi continuasse insistindo, você explodiria. Não pude evitar ficar tensa.

"Eles não são amigos. São humanos. Aves de rapina, fantasmas de uma vida passada. Você esquece quem é, Alexi."

"Não estou esquecendo nada! Às vezes sinto que sou o único aqui que lembra alguma coisa. O sabor da comida, a sensação da pele quente, o som do riso..."

"Alexi", interpelei baixinho, estendendo os braços para ele.

"Não o defenda!", gritou Alexi. "Você sempre defende ele!"

As palavras furaram meu coração como um ferrão de vespa, mas eu sabia que ele estava certo. Todos esses anos vivendo sob seu controle e eu ainda justificava esse comportamento para os outros, na esperança de dar sentido à loucura.

"Alexi", você sibilou.

Ele voltou toda a ira que tinha contra você. "Não concordei em definhar em uma torre enquanto o mundo girava lá fora. Você disse que eu teria uma vida. Eu quero *viver*."

"O mundo não tem lugar para nós", você retrucou, e seus os olhos brilharam como fogo sombrio. "Somos andarilhos por natureza, leões entre cordeiros. Não podemos recorrer à comida para encontrar conforto."

"Cale essa boca e me escute!", gritou Alexi, com lágrimas brotando dos olhos. Em todos os anos que passamos juntos, eu só o vira chorar poucas vezes, e a visão me assustou. Queria muito pegá-lo nos braços e escondê-lo longe de você, mas essa briga era dele. Alexi estava ansioso por aquilo havia meses, e eu não iria tirar aquele momento dele. "Preciso de amigos. Não entende? Assim como preciso de sangue ou de descanso. Vou enlouquecer sem eles."

"Você tem suas irmãs."

"Não podemos existir apenas um para o outro!", gritou Alexi, bem na sua cara.

Você deu um tapa nele.

Foi um tapa forte e deliberado, e a sua força quase o derrubou no chão.

Aquele tapa me tirou de um transe no qual eu estivera vivendo havia centenas de anos. Apagou qualquer carinho que eu ainda tivesse por você, qualquer mentira que eu ainda contasse a mim mesma sobre suas boas intenções e seu coração salvador.

Nas horas sombrias depois das nossas discussões, eu sempre me confortara com o pensamento de que pelo menos você nunca machucara nenhum de nós. *Nunca* machucaria nenhum de nós. Você só queria o que era melhor para nós, e era duro porque nos amava.

Mas, naquele momento, todas as minhas desculpas elaboradas com tanto esmero se dissolveram como açúcar no absinto, revelando uma verdade que eu passara séculos evitando.

"Você bateu nele", falei, de repente. Era o único pensamento gritando na minha mente. "Ah, meu Deus! Você bateu nele."

"Vamos embora", você anunciou, parecendo um pouco desestabilizado, como se estivesse surpreso com a própria violência. Afinal, você sempre se orgulhou do seu autocontrole. "Arrumem suas coisas. Os dois."

Corri até Alexi e o puxei nos braços, deixando-o enterrar o rosto no meu peito.

"Você não pode simplesmente nos obrigar a ir embora", rebateu Alexi, encaixando a bochecha ferida na mão. A vontade de brigar não tinha sumido, mas o fogo da raiva estava refreado. "Temos uma vida aqui."

"Qualquer vida que você tinha aqui morreu junto dela", você alertou, indicando com o queixo o cadáver que esfriava depressa no tapete. "Houve testemunhas, Alexi. Pelo menos seis. Gente que sabe o que você é, que vai atravessar seu peito com ferro quente ou enfiar balas de prata pela sua goela se o virem outra vez. Em breve a polícia virá investigar a morte, buscar alguém para culpar. Quer mesmo estar aqui quando chegarem?"

"Não faça isso", eu me ouvi dizer. Eu me sentia tão pequena, tão patética e inútil. Você nos expusera com um ato de violência sem sentido. Pior ainda, pusera as mãos no meu amado Alexi bem na minha frente. E ali estava eu, implorando como uma menininha. Eu devia ter rasgado sua garganta naquele instante, e todos os dias me arrependo de ter sentido medo demais para tentar. "Não nos arraste para a estrada de novo."

Você me deu um olhar quase compassivo. Aquilo me deixou nauseada.

"Nenhum de vocês me deu escolha", você respondeu.

O *château* que você encontrou para nós ficava a quilômetros de distância da cidade mais próxima, uma casa pastoral em ruínas que já vira dias melhores. Suspeito que o dinheiro tinha começado a acabar. Não havia quantidade de investimentos sólidos e joias herdadas que pudesse sobreviver à lenta moagem do tempo, e nosso estilo de vida estava cada vez menos extravagante com o passar dos anos. Nossas finanças estavam tão decadentes quanto aquela casa, definhando de forma lenta e obstinada.

Você nos trancou naquela casa enorme como crianças malcriadas em um berçário. Todas as portas ficavam trancadas, e todas as venezianas fechadas, encerrando-nos em um mundo de noite eterna. Você instalou fechaduras em todas as portas e janelas, alegando que eram para impedir a entrada dos camponeses supersticiosos, mas elas trancavam por fora, e você carregava a chave consigo o tempo todo.

Magdalena caiu na melancolia e começou a passar longos intervalos de tempo sozinha no quarto, definhando sob os lençóis de seda e recusando comida por dias a fio. Eu vagava pelos corredores durante o dia, insone como uma mulher desequilibrada de um romance gótico. Alexi, por sua vez, protestava. Tornou-se propenso a acessos de raiva que lembravam tanto você que meu peito doía. Ele começava a gritar ou a bater na porta trancada à menor provocação. Nunca era uma violência dirigida a nós, mulheres, sempre a você, às circunstâncias, mas eu ainda sofria por ele. Queria afastá-lo da sua influência corrosiva, cuidar do coração dele para que voltasse a ser saudável em algum lugar onde as portas estivessem sempre abertas e ninguém nunca levantasse a voz, exceto por alegria.

À medida que os dias passavam, minhas esperanças pareciam mais com um delírio da imaginação. Estávamos inteiramente sozinhos, no campo, sem qualquer alívio da sua companhia tirânica, e os aldeões eram fofoqueiros cheios de suspeita. Nenhum deles nos ajudaria, eu tinha certeza. Prefeririam amarrar nossas mãos e pés e nos oferecer ao pároco como demônios necessitados de exorcismo. As notícias corriam rápido em aldeias pequenas, e era de conhecimento geral que os estranhos desaparecimentos de moças desacompanhadas só passaram a acontecer depois da nossa mudança.

Eu me irritava com as refeições rústicas, ainda mais incomodada por saber que estava jantando inocentes. Eram camponesas de coração aberto e ingênuo, assim como eu fora um dia. Você me proibiu de qualquer uma das minhas tendências vingativas e fazia toda a caçada por nós, deixando-nos sozinhos em casa por longos períodos. Eu me perguntava se ficar fora por aquelas horas era outro tipo de punição. Era de se imaginar que ficaríamos felizes em nos livrar de você, mas você nos cultivava, como passarinhos comendo na sua mão, e sempre ficávamos tão aliviados quando você voltava para casa quanto quando partia. Você nos dilapidara ao longo do tempo, tão devagar quanto água mole em pedra dura. Nós não o suportávamos, mas não podíamos viver sem você.

"Ele é como uma doença", comentou Alexi, deitado ao meu lado na cama rendada de Magdalena. Era um dos dias bons dela, quando ficava acordada a maior parte da noite e os olhos brilhavam.

"Como assim?", perguntei, com os dedos entrelaçados sobre a barriga.

"Estar perto dele é como arder com febre. Sei que não estou bem, mas estou muito delirante para fazer qualquer coisa. Que remédio existe para algo assim?"

"Uma caminhada revigorante pelo frio", murmurou Magdalena. "E paciência. As febres passam sozinhas."

"Mas ele não passa", retrucou Alexi, e sua voz não passava de um sussurro rouco. Eu não sabia se ele estava furioso ou à beira das lágrimas. Ambos, provavelmente. "Ele continua ardendo. E não consigo desviar o olhar."

"Diga isso a ele", arrisquei, mesmo sabendo que nenhum de nós era tão corajoso. "Talvez ele aceite com calma."

Alexi me lançou um olhar fulminante. "Depois de você, irmãzinha querida. Como você o chamou semana passada? Déspota? Ele com certeza adoraria ouvir isso."

Fiquei um bom tempo em silêncio, revirando o início traiçoeiro de um plano. Naquele momento era apenas um vislumbre vago e indistinto. Mas, pela primeira vez em muito tempo, achei que poderia fazer alguma coisa a respeito da nossa situação. De você.

Guardei a ideia em um canto escuro da mente e deixei fermentar.

A lexi voltou aos velhos hábitos e começou a roubar. Ele guardava pequenas bugigangas ou talheres nos bolsos, que escondia no quarto para algum futuro incerto. Eu fingia não ver, é óbvio. Achava que não deveria arruinar aqueles métodos fáceis de exteriorizar a rebeldia, sobretudo porque naquela época você o mantinha a rédeas curtas. Você o fazia se apresentar para nós a cada quinze dias, encorajando-o a aprender novos monólogos e cenas para se divertir. Suspeito que estivesse tentando distrair a mente dele, mantendo as mãos ocupadas, mas Alexi se ressentia da falta de uma plateia de verdade, da camaradagem de uma banda de músicos.

Quando Alexi reclamava, você o enchia de beijos e vinho, ou gritava com tanta ferocidade que as vigas tremiam. Você até parecia sentir ciúmes quando ele se refugiava conosco, trancando-se no quarto de Magdalena para chorar nas fronhas de seda e exigir que eu fizesse alguma coisa, qualquer coisa para consertar seu péssimo comportamento. Você se contentava em compartilhar Alexi conosco, desde que ele permanecesse sob seu domínio. Quando ele começou a sair do seu alcance, você apertou tanto o controle que ele mal conseguia respirar.

Certa vez, passei pela porta entreaberta do seu quarto e ouvi sua voz, aguda de irritação.

"Por que isso?", você perguntava. "Alexi, olhe para mim quando estou falando com você."

Tomada pela curiosidade e um pouco preocupada com Alexi, deslizei até a porta e espiei pela fresta, cheia de cuidado. Se as coisas esquentassem demais entre os dois, se, Deus me livre, ficassem violentas, eu poderia inventar alguma desculpa para levar Alexi dali.

Ele estava na sua frente, mantendo a cabeça baixa, chutando a borla do tapete como um colegial. Você se assomava sobre ele com um dos seus relógios de bolso de prata pendendo das mãos.

"Encontrei isso debaixo do seu travesseiro", você prosseguiu. "É isso mesmo? Roubando? Depois de tudo que fiz por você, depois de tudo que proporcionei a você. Por quê?"

Alexi murmurou algo indecifrável, e você balançou a cabeça como um garanhão agitado.

"Não sabe? É isso, não sabe? Se *esforce*, Alexi."

Sua voz estava carregada de uma ameaça que ele pareceu notar, porque levantou a cabeça e falou:

"Eu queria ter algo para penhorar. Caso precisasse. Reparei que você anda farto de mim. Eu incomodo, você me acha infantil e prefere estar só com as mulheres. Você vai me expulsar em breve, sei que vai."

Você o encarou por um momento, boquiaberto. Então colocou o relógio de bolso na mesa e massageou a testa com a mão cansada.

"Alexi, Alexi", você falou, soando muito velho. Então pegou o rosto dele nas mãos, alto e sombrio como um espectro, passando os polegares pelas bochechas rechonchudas. "Nunca vou me livrar de você, entende? Eu gerei você, você é meu. Nada, nada mesmo, nem qualquer maquinação de homem ou besta, pode mudar isso."

Alexi bufou, mas seus olhos suavizaram um pouco.

"Sério?"

"Sim. E, se algum dia nos separarmos, meu príncipe, eu caçaria você pelos continentes como um coelhinho. Entende?"

"Sim", murmurou Alexi.

"Que bom", você respondeu, beijando-o com doçura e puxando-o para a cama. "Chega de roubar, entendeu? Se quiser algo, é só pedir. Agora venha aqui."

"Mas Maggie e eu íamos jogar cartas..."

"Silêncio", você pediu, empurrando-o para o tecido luxuoso. "Você fala demais."

Você se ajoelhou entre as pernas dele enquanto seus dedos hábeis encontravam o fecho da calça. Alexi franziu a testa e abriu a boca como se tivesse algo mais a dizer, então, talvez prestando atenção às suas palavras, enfiou os dedos no seu cabelo escuro.

Alexi arquejou quando você o enfiou na boca com habilidade, revirando os olhos pelo quarto. Em um instante, ele pousou os olhos sobre mim, ainda parada na fresta aberta da porta, caso precisasse intervir.

Corei tão profundamente quanto meu estado de morta-viva permitia, então juntei as saias e me apressei pelo corredor.

Certa vez, encontrei Alexi chorando, afundado em uma alcova escura do corredor que ainda tinha papel de parede. Ele esfregava os olhos vermelhos com a palma da mão, e os cachos loiros estavam desgrenhados, como se ele tivesse passado as mãos no cabelo vezes demais.

"Alexi?", sussurrei, segurando a chama da vela junto ao rosto dele.

Ele recuou, afastando o rosto da chama como se fosse a luz do sol, enterrando-se ainda mais fundo no canto escuro. Estendi a mão e toquei-lhe o ombro, sentindo os músculos firmes sob a camisa.

"O que aconteceu, Alexi? Pode ser sincero comigo. Sabe que pode."

Ele me encarou com uma expressão tão triste e amarga que mal o reconheci. Então cruzou os braços e bufou, parecendo uma criança petulante.

"O que acha que aconteceu comigo?"

O ar deixou meus pulmões depressa. Claro. Quem mais poderia levar alguém às lágrimas naquela casa?

Coloquei a vela em uma mesa de canto e, bem devagar, envolvi os braços ao redor do pescoço dele, puxando-o para um abraço apertado. Alisei o cabelo dele para trás, tirando-o da testa, e ele se agarrou a mim com tanta força quanto a morte. Os ombros dele tremiam enquanto o último dos soluços atormentava seu corpo.

"Acha que ele sabe?", sussurrou Alexi, com o rosto enterrado no meu cabelo. A respiração estava quente no meu pescoço. "Ele não deve saber o quão *cruel* consegue ser, como corta o nosso coração com as palavras, caso contrário não faria... Ninguém que *soubesse* continuaria fazendo isso, não é?

"Ah, Alexi", sussurrei. Afastei-me alguns centímetros, aninhando o rosto dele nas mãos. Com muita gentileza, esfreguei o vinco entre as sobrancelhas dele com o polegar, então comecei a beijar as lágrimas que lhe escorriam pelo rosto.

"Alexi, Alexi", repeti, como um mantra. Ele agarrou meus braços e me puxou para mais perto, virando o rosto na direção dos meus beijos. Eu estava beijando a bochecha dele, e a covinha alguns centímetros abaixo; então, de repente, a boca dele estava na minha, quente, insistente e real. Um calor inundou meu peito quando o beijei de volta. Percebi que não me sentia tão viva havia cem anos. Nos últimos tempos, eu não me sentia nada viva.

Deixei Alexi me pressionar contra a alcova e desaparecemos na escuridão doce e clemente. As mãos dele percorreram minha cintura, passando por baixo do vestido e subindo as saias. Eu o devorei com beijos, perseguindo aquela boca sempre que ele se afastava por um instante que fosse. Nunca me permitira querer aquilo porque presumira que não era uma possibilidade. Presumira que ele estava encantado demais com o seu charme e os sorrisos ensolarados de Magdalena para sequer me notar dessa maneira. Mas ali, com a mão de Alexi segurando a minha bunda e a barba por fazer raspando na minha bochecha, percebi há quanto tempo estava escondendo uma esperança traiçoeira.

Fizemos amor apressado, como amadores, o que só tornou tudo ainda mais doce, Alexi entrando em mim enquanto eu enroscava os dedos naqueles cachos e o estimulava repetindo o nome dele bem baixinho. Nós suspiramos e nos seguramos nos braços um do outro naquela alcova, trocando beijos como se aqueles fossem nossos últimos beijos na terra. Gozei rápido e soltei um gemido, com os quadris apoiados contra a parede enquanto Alexi me penetrava por baixo do vestido.

Quando ele terminou, relaxou em mim, seus cachos grudando na nuca molhada de suor. Era um detalhe tão pequeno e humano que tive uma súbita vontade de chorar. Jovem. Alexi era tão jovem... O que fizemos com ele, trazendo-o para esta vida?

"Ah, meu pequeno Alexi", murmurei, enquanto ele acariciava meu pescoço.

"Eu te amo, Constance."

De alguma forma, aquilo soou como um pedido de desculpas, e as lágrimas que estavam ardendo nos meus olhos ameaçaram transbordar.

"Eu sei, meu querido."

Nós dois estávamos em total desalinho, mas conseguimos endireitar as roupas e alisar o cabelo um do outro para parecermos mais ou menos arrumados. Pressionei um beijo na palma da mão dele e o soltei no coração da casa, rezando para que encontrasse o caminho para um refúgio antes que o monstro que vagava pelos corredores o pegasse pela nuca e o arrastasse de volta para uma discussão.

Eu mesma encontrei o monstro minutos depois, no corredor, quando você virou uma esquina e quase colidimos.

"Você viu Alexi?", você inquiriu, sem sequer olhar para mim. "Ele está histérico."

"Ah, eu... Quer dizer, não, ah..."

Seus olhos me encararam enquanto você abriu a boca para responder com rispidez, mas devo ter parecido óbvia demais, com as bochechas coradas e o vestido torto. Ou talvez seus sentidos desenvolvidos de predador pudessem notar o cheiro dele em mim.

"Ah", você comentou, com a voz cheia de desdém. "Ele estava com você."

"Meu senhor", comecei, sem fôlego. "Eu não pretendia..."

Você passou por mim, concentrado na sua missão, mal parando para me dirigir uma palavra final.

"Ele só trepou com você porque está com raiva de mim e porque Magdalena está doente há três dias. Sabe disso, não sabe?"

Sim, decidi quando soltei o ar, atropelada pela força das suas palavras, enquanto você desaparecia corredor adentro. *Ele sabe o quanto pode ser cruel.*

Não houve nenhuma
grande briga que me levou
à decisão de trair você,
nenhum ato final de tirania.
Eu apenas cedi ao peso
de mil noites tensas, mil palavras
impensadas e destruidoras de alma.
Parecia que eu estava
enlouquecendo naquele lugar,
até que meu desejo
de fazer algo a respeito,
qualquer coisa que fosse,
enfim superou o medo
que eu sentia de você.

Moramos naquela casa por meses, talvez anos, até que eu tivesse coragem de agir. Imediatamente envolvi Magdalena e Alexi. Passara muito tempo tentando protegê-los de você, mas não havia como avançar sem a ajuda deles.

"Você está louca?", sussurrou Magdalena, que criara o hábito de manter a voz baixa, mesmo quando você não estava perto o suficiente para ouvi-la. Naquele momento, você estava caçando. Tínhamos uma ou duas horas a sós antes de você voltar.

"Não está nem um pouco curiosa?", insisti. Nós três estávamos amontoados em torno de um candelabro bruxuleante em um dos muitos salões. A casa não tinha eletricidade, então nos contentávamos com a luz do fogo. "Sobre o que podemos descobrir?"

"O que você está propondo é suicídio", continuou Magdalena. "E se ele te pegar lá dentro, fuçando nas coisas dele? Deus, não quero nem pensar!"

"Ele não vai pegar ninguém", respondeu Alexi. "Está a quilômetros de distância seduzindo algum covarde qualquer fora da aldeia para que possamos comer. Temos algum tempo."

"O que exatamente você espera encontrar?", perguntou Magdalena.

Contraí a boca em uma linha firme.

"Qualquer coisa que nos tire deste lugar. Isso não é vida. Não vai me dizer que está feliz aqui, desse jeito."

"Claro que não", murmurou ela. "Mas eu preferiria andar no sol do que vasculhar as coisas dele, procurando respostas para perguntas que não temos permissão de fazer."

"Ele sabe mais do que sabemos", insisti, suplicante. "Nós sequer conhecemos todo o alcance do nosso poder porque ele escondeu isso."

"Ele quer nos manter dóceis e complacentes", concordou Alexi. "Como animais de estimação. Não quer saber de onde viemos?"

"Ou como matar gente como nós", acrescentei, baixinho.

Magdalena e Alexi me olharam em choque.

"Você não quer dizer...", começou Alexi.

"Irmã, seja *razoável*", terminou Magdalena.

Puxei os dois para um abraço apertado, com o coração martelando no peito. Ficamos assim por um momento, os três entrelaçados e sombreados pelas velas bruxuleantes, até que comecei a falar.

"Eu deveria ter dito isso a vocês dois há muito tempo, mas estava com medo. De perdê-lo. De perder vocês dois. Mas já fiz isso uma vez. E estou apavorada com o que encontrei."

Contei a eles. Contei o que havia descoberto e o que você havia insinuado; que houvera cônjuges antes, um número incontável, e ninguém sobreviveu a amar você. Não poupei nenhum detalhe, e logo Alexi estava tremendo sob meu toque.

"Estamos todos em perigo", sussurrei. "Se ele ficar muito descontente conosco, se não conseguirmos entretê-lo mais..."

Magdalena se transformara em aço nos meus braços. Ela me abraçou com a força da morte, pensando por um longo tempo.

"Somos descartáveis para ele", disse, por fim. A voz estava determinada. "Substituíveis."

"Sinto muito", sussurrei. "Eu devia ter dito, devia ter feito algo antes. Mas eu tinha tanto medo dele..."

"Não se atreva a pedir desculpas", respondeu Magdalena, e aqueles olhos escuros brilharam com paixão. "Nunca mais quero ouvir você se desculpar por algo que ele fez. Isso tem que parar, Constanta. Tudo isso tem que parar."

"O que vamos fazer?", murmurou Alexi. Ele parecia muito pálido e muito, muito jovem.

"Descobrir o que ele esconde de nós", falei. "Alexi, você não sabe abrir cadeados?"

"Sei, sim", respondeu ele, ainda parecendo um pouco atordoado. Descobrir que seu marido te mataria sem nem pestanejar era desestabilizador, eu sabia muito bem disso. "Eu sempre abria fechaduras quando invadia casas vazias com meus amigos. É bem fácil."

"Então vou precisar que venha comigo até a porta. Não precisa entrar se não quiser."

"Não tenho medo dele", retrucou Alexi, estufando o peito. Uma mentira descarada, mas corajosa. "E não vou deixar você ir sozinha. Maggie?"

Magdalena mantinha o olhar distante e firme, os lábios pressionados em uma linha fina. Provavelmente pensando em todas as maneiras como queria lhe punir pela sua desonestidade.

"Alguém tem que ficar no térreo para receber nosso querido marido", disse ela, hesitante. "Só para o caso de ele chegar enquanto vocês dois ainda estiverem ocupados."

Alexi soltou o ar por entre os dentes cerrados.

"Se nos der cobertura e formos descobertos, você pagará em dobro. Sabe que ele odeia quando ficamos um do lado do outro."

"Ele não vai descobrir", respondeu ela, apertando o ombro de Alexi de forma tranquilizadora. "Porque sou bem mais inteligente do que ele."

"Então estamos de acordo?", perguntei.

Sua voz, zombeteira e sarcástica, ecoou na minha mente. Direcionando todo tipo de palavra horrenda para mim. *Ingrata. Infiel. Rebelde.*

Sufoquei os pensamentos com uma ladainha rápida, implorando por forças a qualquer santo ainda disposto a ouvir.

Alexi assentiu, decidido

"Com certeza."

"Então é melhor irmos. Ele pode voltar a qualquer momento."

Peguei a mão de Alexi e fomos para fora do cômodo, mas a voz de Magdalena me parou na porta.

"Constanta?"

"Sim?", perguntei, virando a cabeça.

Os olhos dela estavam escuros como uma noite sem estrelas.

"Descubra como fazê-lo sofrer."

O porão era amplo e escuro, ocupando quase toda a extensão da casa. Alexi abriu a fechadura bem rápido com um dos meus grampos de cabelo; então, com cuidado, descemos as escadas um atrás do outro. Eu ouvia Alexi atrás de mim, com a respiração superficial e rápida que denunciava o medo que sentia. Alexi estava apavorado com a possibilidade de ser pego ali, mas mesmo assim tinha ido comigo, e eu estava muito grata pela bravura dele.

O piso do porão era de terra úmida compactada por milhares de passos. Abrimos caminho entre arcas de madeira apodrecidas e as prateleiras com vinhos deixados para envelhecer, fazendo o possível para andar sem esbarrar em nada. Minha visão era aguçada no escuro, mas Alexi era muito jovem para ter desenvolvido essa habilidade. Ele me seguia de perto, e uma das mãos dele segurava a manga do meu vestido para não nos separarmos.

Não demorou para encontrarmos seu refúgio. Consegui distinguir duas mesas compridas cheias de coisas efêmeras e, depois de tatear um pouco, encontrei uma velha lamparina a óleo. Alexi, que era esperto o bastante para andar sempre com um canivete e alguns fósforos, acendeu a lamparina e lançou luz no cômodo.

Seus estranhos dispositivos pareciam ainda mais macabros à luz bruxuleante do fogo. Fórceps e frascos, lâmpadas e bússolas de diferentes estilos, tudo espalhado em um arranjo que só fazia sentido para você.

Uma das mesas havia sido convertida em uma maca improvisada, e a madeira estava manchada de sangue. Talvez você tenha realizado um dos seus experimentos em alguma vítima depois de drená-la. Ou antes.

Alexi ergueu a lamparina e começamos a tentar encontrar alguma coisa para nos armar contra você, qualquer que fosse, nas montanhas de pesquisa. Vasculhamos pilhas de livros, notas de estudos de caso e artigos de revistas científicas, nenhum dos quais continha o que estávamos procurando. O fato de termos que tomar o cuidado de devolver os papéis exatamente do jeito que tínhamos os encontrado não ajudava, pois isso nos fazia perder muito tempo. Meu pavor crescia a cada minuto, constante. Há quanto tempo estávamos ali embaixo? Dez minutos? Vinte? Poderíamos ter passado o dia inteiro lá embaixo sem encontrar o que procurávamos, mas não tínhamos esse tempo.

No fim, fomos salvos por pura sorte. Alexi estava folheando um diário pesado, encadernado em couro, que encontrara empilhado junto a outros livros, então soltou um arquejo alto.

"Constance! Venha ver isso."

Eu me aproximei para que pudéssemos compartilhar a luz da lamparina e folheei o diário com cuidado. Estava cheio da sua caligrafia apertada e enrolada, páginas e mais páginas das suas teorias e de pensamentos pessoais. Não era um diário. Era um livro de casos, contendo tudo que você sabia sobre a natureza dos vampiros.

"É isso", sussurrei.

Folheei as páginas depressa, digerindo o que pude. Você expusera suas teorias sobre nossos processos corporais, as estranhas fomes e as habilidades aumentadas que vinham com a idade. Também documentara quanto tempo um vampiro poderia viver, se nenhuma brutalidade atravessasse seu caminho. Havia algumas anotações rápidas sobre uma morte que você conduzira pessoalmente. Seu senhor, pelo que reparei. O homem cujo sangue o fizera forte o bastante para gerar vampiros próprios.

Minha respiração estava tão acelerada e superficial quanto a de Alexi, e minha pulsação batia em um rugido alto. Ele deve ter sentido que eu tinha me deparado com alguma coisa, porque chegou mais perto.

"O que foi?"

Meus dedos percorreram a página, memorizando cada palavra.

"Liberdade", declarei.

Alexi nunca teve a chance de me perguntar o que eu quis dizer, porque, em algum lugar distante da casa, uma porta se abriu e se fechou. Ouvi a cadência de Magdalena falando, palavras indistinguíveis, e então o inconfundível tom de barítono da sua voz.

Fechei o livro com força e o coloquei de volta no lugar. Alexi já estava correndo de volta para as escadas, puxando a mim com um aperto forte no pulso.

"Estamos mortos", sussurrou, mais para si mesmo do que para mim. "Se ele nos encontrar aqui embaixo..."

"Não vai", sussurrei, fingindo certeza. "Depressa, meu pequeno Alexi."

Apagamos a lamparina e subimos a escada com o maior silêncio que pudemos, parando apenas por um momento no patamar para recuperar o fôlego e trancar a porta.

Magdalena segurara você no saguão, tagarelando de forma encantadora sobre algo que mal prendia seu interesse. Você correu o olhar pela sala, tirando o casaco.

"Onde estão os seus irmãos?", perguntou.

"Estamos aqui", falei, mantendo a voz calma e a expressão agradável.

Percebi como deve ter parecido, Alexi e eu aparecendo, envergonhados e sem fôlego, permanecendo próximos um do outro. Às vezes você ficava com ciúmes quando tinha que nos dividir, às vezes não; era impossível prever. Mas você reagira particularmente mal quando Alexi encontrara refúgio nos meus braços, e seu humor sombrio pesara sobre a casa por semanas depois daquele encontro na alcova. Provavelmente porque sabia que ele estava buscando refúgio de você.

"Você trouxe algo para comer?", perguntou Alexi, com uma animação que não se encaixava na situação. Ele não o avaliara rápido o bastante para perceber que você chegara irritado e seu humor só estava piorando.

"Não consegui", foi sua resposta, com a voz contida enquanto jogava as luvas em um divã próximo.

"Como assim?"

"Fui visto", você explicou, e as suas sobrancelhas se franziram em consternação. "Tive que abandonar a caçada antes de terminar."

"Visto?", repetiu Magdalena, cruzando os braços sobre o peito. Ela ergueu uma sobrancelha em desaprovação, e você se eriçou perigosamente.

"Sim, preciso me repetir?"

"Os aldeões virão procurar você. Trarão armas. Armas das quais nem você pode fugir."

Você descartou os medos dela com um aceno de mão.

"Não vão. Eles têm medo demais."

Magdalena soltou uma risada curta e cruel, e vi um lampejo de raiva nas entrelinhas. Ela conseguira conter o desprezo por você e seus segredos enquanto o distraía, mas a máscara estava caindo.

"Vão derrubar o seu pequeno império", continuou. "Tudo porque você foi visto mordiscando algum cavalariço em um beco, é isso?"

Seu temperamento explodiu. Você deu um passo ameaçador para frente, e eu me joguei entre os dois sem nem pensar.

"Não toque nela", sibilei com mais força do que eu pensava ser possível. Assim como Eva, eu mordera do fruto proibido, e a recompensa era todo o conhecimento que até então me fora negado. Eu sabia tanto quanto você, sabia que você era tão mortal quanto qualquer homem humano, nas circunstâncias certas. Você poderia nos matar, é verdade. Mas isso significava que também poderia ser morto.

Você cambaleou para trás como se eu tivesse cuspido na sua cara, e pude ter um vislumbre da confusão no seu rosto. Então seus olhos ficaram sombrios e, antes que eu tivesse a chance de correr, fui agarrada pelo pescoço.

Soltei um arquejo terrível e grotesco e vi Alexi se aproximar como um borrão. Ele ia bater em você, mas Magdalena o segurou.

"Estou cansado de você sempre minando minha autoridade", você disparou, entre dentes.

Eu me contorci sob seu aperto punitivo e lágrimas brotaram dos meus olhos. Você segurou com tanta força que vi estrelas.

"Não vou tolerar sedição alguma", você falou, aproximando o rosto do meu. "Eu fiz você. E posso desfazer. Você me pertence, Constanta. É sangue do meu sangue, carne da minha carne. Repita."

"Sangue do seu sangue", sibilei, mal capaz de formar as palavras.

Você me jogou de lado e, quando caí no chão, gritei como um cão chutado.

Você lançou algumas palavras para Magdalena e Alexi, mas não consegui ouvir. Estava caída no chão, massageando o pescoço latejante enquanto soluços sacudiam meu corpo. Eu tremia como uma folha ao vento, com mais medo de você do que jamais sentira.

Assim que você saiu corredor adentro, Alexi e Magdalena foram para o meu lado, tranquilizando-me baixinho e acariciando o meu cabelo.

Afastei os dedos trêmulos do pescoço machucado, e Magdalena deu o mais leve dos beijos de cura no local ferido.

"Encontrou alguma coisa?", sussurrou ela, com os lábios no meu cabelo.

Assenti e engoli em seco. Também tinha encontrado outra coisa, enterrada profundamente sob o hábito, o medo e os anos de lealdade a você. Raiva, incandescente e cegante. Intensa o bastante para iluminar até a noite mais escura.

"Sim. Encontrei o que procurava."

Magdalena lançou um olhar hesitante para Alexi, e depois de volta para mim.

"Então nós três estamos de acordo. Vamos nos colocar contra ele?", perguntou Magdalena.

Alexi endireitou os ombros e, naquele momento, parecia mesmo um príncipe, pronto para liderar as tropas para a guerra.

"Não temos escolha."

Os aldeões chegaram antes que terminássemos de formular o plano. Levaram apenas alguns dias para juntar coragem e um pequeno bando de homens com armas e machados. Subiram pelas colinas logo após o anoitecer, marchando com lamparinas erguidas e sangue nos olhos.

Alexi os viu primeiro e invadiu seu quarto para implorar que você fizesse algo a respeito. Um ou dois humanos não eram problema para criaturas como nós, mas havia pelo menos vinte homens lá fora, todos armados até os dentes. Prontos para derramar sangue depois de encontrar você curvado sobre o corpo de um menino, drenando a vida dele. A vida provinciana preservara antigas superstições, e suspeito que eles sabiam exatamente o que você era. Tinham vindo erradicar o flagelo sobrenatural da sua aldeia, que com certeza devia ser responsável pela onda de desaparecimentos que vinha afligindo as cidades vizinhas.

Tínhamos tentado avisar sobre os perigos de caçar em um local tão pequeno. Estava fadado a atrair o tipo errado de atenção. Mas você achava mais importante nos manter isolados do que seguros.

"Deixe que venham", você respondeu, torcendo o nariz para o terror de Alexi. "Acha que nunca enfrentei hordas? Não vão passar nem pelos portões. É mais fácil se mijarem de medo."

"Eles estão com raiva", observou Magdalena, espiando pela janela, com a mão pressionada contra o peito. "E estão de luto. Não subestime o que são capazes de fazer."

"Não deveríamos fugir?", perguntou Alexi, a voz tensa. "Ou construir uma barricada?"

"Todas as portas e janelas estão trancadas", você retrucou, um fato que todos sabíamos muito bem. Você ficou na janela, preenchendo a moldura com sua silhueta carrancuda enquanto observava os aldeões se aproximarem do portão da frente. "A casa é um labirinto sem luz elétrica. Se forem idiotas o bastante para entrar, pegaremos um por um."

Magdalena soltou um grunhido preocupado, mas não disse nada.

"Vou empurrar alguns móveis para bloquear a porta", falei, hesitante, me levantando de onde estava sentada. Lancei um olhar furtivo para Alexi e Magdalena, que correram atrás de mim. Talvez você detectasse a sugestão de golpe no ar em qualquer outra ocasião. Mas, naquele dia, estava envolvido demais na própria arrogância e raiva para perceber que havia algo de errado na casa, e isso seria a sua ruína.

"Tem que ser agora", sussurrei, puxando meus dois amores pelo corredor. "Estamos ficando sem tempo."

Magdalena estava pensativa, com o olhar confuso. Não era típico dela, atacar no calor do momento. Ela preferia um planejamento cuidadoso e silencioso, como uma aranha que passa dias tecendo uma teia para atrair a mosca perfeita.

"Não temos escolha", implorei. "Ele está distraído. Talvez nunca mais tenhamos essa chance."

Alexi olhou de uma para a outra, mordendo o lábio. Ele sempre fazia isso quando estava nervoso.

"Mas, Constance... Ele nos ama, à sua maneira. Parece errado..." Alexi engoliu em seco, balançando a cabeça. "Ele nos ama. Eu sei que ama."

Aquilo tirou Magdalena do devaneio em que estava. Ela agarrou Alexi pelos ombros e o encarou com um olhar duro e cheio de sabedoria que eu nunca esqueci, mesmo depois de todos esses anos.

"Seria mais fácil se ele nos odiasse", ela falou. "Mas ele nos ama com um amor terrível. E, se continuarmos permitindo que nos ame assim, esse amor vai nos matar. É isso que o torna tão perigoso."

Cada palavra parecia uma pedra pressionando meu peito, cada vez mais pesada, mas eu sabia que ela estava certa. Sabia havia muito tempo, mas tinha me deixado conduzir como um cordeiro, sem conseguir fazer qualquer coisa a respeito, e estávamos todos colhendo as consequências disso.

Alexi assentiu, e tinha lágrimas brilhando nos olhos. Afastei um cacho dourado da testa dele e beijei sua têmpora.

"Vou preparar o quarto de dormir", falei, com a expectativa se contorcendo no meu estômago como uma cobra. "Vocês dois podem atraí-lo para dentro?"

Magdalena riu, mas não havia alegria na voz dela.

"Essa parte sempre foi fácil."

Não sei como Alexi e Magdalena afastaram você do trabalho, mas os dois sempre foram muito bons em chamar sua atenção. Era tolice fazer amor enquanto o povo da cidade brandia as armas do lado de fora dos portões, mas a arrogância e a luxúria o deixaram imprudente. Não acho que você realmente acreditava que algum mal aconteceria a qualquer um de nós. Estava convencido demais da sua invulnerabilidade. Eu me pergunto quantas revoltas você teria acompanhado na sua juventude e quantas vezes destruíra o campesinato que ousou contestar a sua matança desenfreada.

Esperei você de branco, sempre a noiva disponível. Era uma camisola antiga, no estilo vitoriano, com uma fita rosa-claro nos punhos e gola de renda alta. O material roçava as curvas do meu corpo e era quase transparente à luz fraca das arandelas da parede. Eu fiquei em cima da cama, com o cabelo solto caindo até a cintura em uma cascata ruiva.

Quando você abriu a porta, Magdalena estava pressionada contra o seu corpo e Alexi beliscava sua orelha, mas você parou quando me viu. Sua respiração ficou presa no peito e suas pupilas se arregalaram de desejo. Mesmo depois de centenas de anos e inúmeros outros amantes, eu ainda conseguia atrai-lo: bastava a iluminação certa e uma expressão dócil no rosto.

"Minha esposa", você falou, pegando meu rosto nas mãos e inclinando meu queixo para cima, bem no ângulo que você tanto gostava. Sua atração por mim aumentava quando eu estava parecendo uma pintura a óleo, perfeitamente posicionada e quieta.

"Sua", repeti, obediente, e minha respiração quente tocava seus lábios. Eu me perguntei se você sentia como meu coração batia rápido sob a pele, se notava o cheiro do medo exalando de mim como um animal farejando a caça. Nunca me senti tão apavorada na vida, ou tão energizada.

Levei muito tempo para voltar a mim mesma e lutar, mas, agora que me via ali com você, eu pretendia compensar o tempo perdido.

Puxamos você para a cama, com Magdalena soltando lindos gemidos enquanto Alexi sugava seu dedo mindinho. Eu beijei sua boca diversas vezes, empurrando seu corpo contra os travesseiros com uma força que surpreendeu até a mim. Eu o beijei do mesmo jeito que você me mordeu há tantos anos: impiedosamente, até você ficar ofegante. Eu prendi seu corpo entre as coxas e beijei sua boca como se estivesse tentando me vingar, como se nunca fosse beijá-lo de novo. Coloquei todo o amor e ódio que a minha alma suportara por tantos anos naqueles beijos.

Então desviei os olhos para Magdalena e Alexi, dando o sinal, enquanto você ainda murmurava palavras delirantes embaixo de mim.

Eles prenderam você pelos ombros, um de cada lado. No começo você riu, achando que era uma brincadeira, então o sorriso sumiu do seu rosto. Você tentou se soltar, mas Alexi e Magdalena seguraram com todo o peso dos seus corpos, já lhe fazendo suar.

Você era apenas um, e eles eram dois; mas você era muito mais velho e mais forte. Não tínhamos muito tempo.

Estendi o braço para baixo da cama, onde escondera meu contrabando, e peguei um item que, nas minhas mãos, parecia tão pesado quanto uma traição. Uma vara apodrecida de um corrimão da escada, com uma das extremidades lixada em uma ponta afiada. Era pesada o bastante para espancar um homem até a morte. Ou atravessá-lo.

Você empalideceu quando viu aquilo. Uma onda de pavor genuíno perpassou seu rosto. Então a raiva aumentou, e você arreganhou os dentes para mim.

"Falei para você ficar fora dos meus aposentos! Que ideia idiota entrou na sua cabecinha? Se eu morrer, vocês morrem comigo."

Era a jogada de um homem condenado.

O primeiro estímulo de poder vibrou no meu peito. Então era essa a sensação de ter a vida de um amante nas mãos.

"Não, não vamos", respondi. "Também li sobre isso."

Aquilo diminuiu um pouco da sua raiva, e vi um lampejo de vulnerabilidade cruzar seu rosto.

"Constanta", você implorou, com aquela mesma rouquidão selvagem que aparecia quando você me despia, aquele mesmo brilho desesperado nos olhos pretos que eu só via quando você me chamava de *tesouro*. "Eu amo você. Olhe para mim, Constanta, minha joia, minha *esposa*. Eu amo você. Não faça isso."

Vi cada bom momento que compartilhamos cintilar no seu rosto, e você estava tão lindo. Desesperado e vulnerável. O medo pela vida o fazia parecer um homem realmente capaz de amar e ser amado, como se você pudesse entregar o coração e todos os seus segredos sem que eu tivesse que abrir suas costelas para alcançá-los. Magdalena também deve ter visto isso; ela fechou os olhos com força e virou o rosto enquanto transpirava pelo esforço de conter seu corpo. Alexi só parecia assustado, uma criança no meio de dois pais em conflito. Eu estava grata pela inocência e os braços fortes dele.

"Constanta", você repetiu, erguendo a boca para mim como se oferecesse um beijo. "Abaixe isso, amada. Vou perdoar. Pare com isso agora e eu perdoo você. Nunca mais falaremos no assunto."

Cada gentileza que você já me oferecera se revoltava dentro de mim, rebelando-se em um motim contra o meu propósito. Cada sorriso e cada gesto doce era tão afiado quanto uma alfinetada, convidando-me para ver as cores vívidas bordadas na tapeçaria horrenda do nosso casamento.

Mas alguns floreios e enfeites não mudavam o fato de que o próprio tecido da nossa vida em conjunto era sombrio, emaranhado e sufocante. Eu já dera mil segundas chances, fizera mil concessões. E isso não dizia respeito só a mim. Também envolvia Magdalena e Alexi. Quanto tempo até você se cansar do seu soldadinho de corda e da sua boneca de porcelana e esmagá-los em pedaços?

"Foi isso que você disse aos outros?", perguntei, com a voz rouca. Lágrimas quentes como sangue fresco caíram dos meus olhos. "Antes de matá-los?"

Sua expressão oscilou da luz às trevas, e uma sombra tempestuosa assentou-se em seu rosto. Os olhos foram de águas profundas e convidativas para ardósia afiada, e a boca se contraiu em um grunhido venenoso. Era esse o homem com quem eu vivera a maior parte da vida: arrogante, cruel e que se enfurecia ao menor sinal de insurreição.

"Abaixe a estaca, Constanta", você mandou. Severo, ríspido. Do jeito que falaria com um cachorro. "Escute o que estou dizendo. Não me deixe irritado."

Engoli um arquejo quando levantei a estaca acima do seu peito, segurando a madeira com tanta força que senti farpas nos meus dedos.

Trêmula, respirei uma vez, duas, então fechei os olhos com firmeza.

Não me pergunte por que o fiz.

Estava cansada de ser sua Maria Madalena. Estava cansada de ficar cheia de expectativa diante do seu túmulo, a cada noite, para você se levantar e trazer a luz de volta ao meu mundo. Estava cansada de rastejar e de lavar o sangue dos seus calcanhares com meu cabelo e minhas lágrimas. Estava cansada de ter o ar sugado dos pulmões toda vez que seus olhos me atravessavam. Cansada de ver meu universo se resumir ao círculo formado pelos seus braços, de a centelha da vida permanecer escondida no seu beijo, de sentir o poder da morte à espreita nos seus dentes. Cansada de carregar o peso de um amor que era adoração, da idolatria doentia que coloria meu mundo.

Estava cansada de lealdade.

Fiz de você o meu Cristo particular que tanto implorava nas minhas devoções sombrias. Nada existia além do alcance do seu olhar exigente, nem mesmo o meu ser. Eu era uma não entidade quando você não estava olhando para mim, um recipiente vazio esperando para ser preenchido pela água doce da sua atenção.

Uma mulher não pode viver assim, meu senhor. Ninguém pode. Não me pergunte por que fiz o que fiz.

Deus que me perdoe.

Cristo que me perdoe.

Brandi a estaca com toda a minha força, e ela rasgou sua pele, abrindo uma cavidade no peito.

Você rugiu de dor e raiva, e Magdalena gritou e gritou, mas não soltou seu braço. A natureza de aço dela não falhou, mesmo quando seu sangue começou a manchar a camisola dela. Alexi estava chocado demais para falar, e, da sua boca aberta, saíam ruídos sufocados e horrorizados. Mas a determinação também não o abandonou.

Soltando um soluço doloroso, pressionei a estaca com toda a força do meu ser. A arma improvisada encontrou o alvo, perfurando seu coração como uma das dores de Maria e quebrando uma ou duas costelas no processo.

Matar você foi um trabalho sujo, difícil. Você se contorceu e se debateu, testando os limites das nossas forças. Tive que prender seu torso com os joelhos e pressionar a estaca para baixo com as mãos trêmulas.

Até que, enfim, você soltou um ruído rouco horrível e borbulhante e ficou imóvel. Sangue escorria nos lençóis, enchendo o quarto com aquela fragrância inconfundível. O doce sabor metálico encheu meu nariz enquanto lágrimas quentes enchiam meus olhos e transbordavam como rios gêmeos. Eu imaginava que você seria tão belo na morte quanto em vida, mas sua expressão era um misto de dor e ódio. Olhar para você me trouxe uma sensação de frieza, como se estivesse olhando para um estranho.

"Estão todos bem?", consegui perguntar, e minha voz mal passava de um sussurro.

Alexi levou dedos vermelhos trêmulos à boca e lambeu o sangue, tão escuro e doce. Eu nunca tinha experimentado alguém como você, com o sangue tão perfeitamente envelhecido. Era a melhor e mais rara safra do mundo, e havia naquilo um poder inexplorado. Minha boca salivou e minha gengiva ardeu de desejo.

Magdalena tremia e suava como uma viciada em morfina, parecendo tanto à beira do frenesi quanto da inconsciência.

Eu era a mais velha. Tinha mais autocontrole. Podia tirá-los da sala antes que a sede de sangue os obrigasse a profanar e drenar seu corpo.

Agarrei o pulso de Magdalena e a segurei com força, unindo nossos batimentos cardíacos acelerados como se pertencessem a uma só alma. Como se todos tivéssemos acabado de nos unir para sempre por aquele ato indescritível.

"Constance", chamou Alexi, com a voz rouca. Suas pupilas estavam imensas. "O que vamos..."

"Bebam", eu me ouvi dizer. Parecia estar muito longe, flutuando acima do corpo. "Bebam, meus amores."

Alexi pressionou a boca no ferimento do seu peito e Magdalena rasgou seu pulso com os dentes, estremecendo quando o sangue irrompeu na boca. Eu me abaixei e dei um último beijo nos seus lábios, então inclinei sua cabeça para trás e acariciei a coluna fria da garganta. Meu estômago tremia, e meus dedos estavam brancos de tanto que eu apertava os lençóis.

Afundei os dentes no seu pescoço com uma ferocidade que me surpreendeu, bebendo em bocados grandes e vorazes. O sabor era incomparável, intenso e rico, com notas extras de cada pessoa de quem você já se alimentara. Passei uma das mãos na sua mandíbula e mordi com mais força. Minha cabeça girava como se eu tivesse acabado de beber uma garrafa de uísque, mas continuei bebendo, devorando sua essência. O poder nas suas veias inundou meu corpo, indo até as pontas dos dedos das mãos e dos pés. De repente, o rugido dos meus batimentos cardíacos, o rangido da velha casa e os gritos dos rebeldes lá fora ficaram quase dolorosamente altos. A força de todos esses anos estava ali para ser tomada, e foi o que fiz.

Peço desculpas se o senhor
esperava alguma contrição.
Não tenho mais forças para isso.

Sim, eu sabia. Sabia o que
acontecia ao beber o sangue
do seu gerador. Tinha lido sobre
como você matara seu criador
para tomar o poder dele. E descobri
que eu não era melhor do que isso.

Eu poderia ter rejeitado
essa alternativa e dado a você
um final digno, mas queria
sentir seu poder na boca,
segurá-lo com o cuidado com que
uma gata segura os filhotes, e depois
engolir até não sobrar nada de você.

Nós nos alimentamos com avidez, bebendo cada gota de você. Quando acabou, estávamos manchados de sangue. Alexi tremia, menos de medo que de abundância de energia, e os olhos de Magdalena reluziam como diamantes escuros, cheios de vida e vigor.

"Jesus", comentou Alexi, examinando as mãos manchadas e olhando seu corpo. Sangue empapava os lençóis e pingava no piso de madeira envelhecida.

Tinha sido um banho de sangue.

Quando a sede diminuiu, voltei a mim aos poucos e analisei a situação. Tínhamos que lidar com aquele corpo e a cama conjugal suja que provavelmente nunca mais ficaria limpa. E, o que era mais urgente, precisávamos resolver os gritos da horda lá fora, cada vez mais próxima e mais agitada. Os camponeses já estavam nos portões, erguendo tochas e lamparinas para chacoalhar as travas. Não haveria como apaziguá-los. Com certeza não naquele momento, com as provas dos nossos crimes expostas em uma pintura horrível.

"Constanta", murmurou Magdalena, limpando o sangue da boca com a bainha do vestido. "O que vamos fazer?"

Os dois me encaravam com os olhos arregalados, o mesmo olhar que voltavam para você sempre que não sabiam como lidar com uma situação. Você sempre fora a mão enluvada firme na nuca deles, guiando-os pela vida. E agora essa responsabilidade caíra sobre mim.

Limpei a testa e respirei fundo. Minha mente corria rápido como um cão de caça, formulando um plano.

Pulei na cama, apoiando os pés em cada lado do seu corpo enquanto me abaixava para arrancar a estaca. Não deveria ter sido fácil: a madeira estava fundida na cavidade do seu peito com sangue e vísceras secos, e a ponta afiada atravessara o colchão. Mas, para a minha surpresa, a estaca saiu com facilidade. De repente, eu estava mais forte do que antes. Suspeitei que todos estivéssemos, mas eu ainda era a mais velha. Pelo que sabia, após a sua morte real e verdadeira, eu poderia ser a vampira mais velha de toda a Europa.

O peso de saber isso me pressionava como um jugo de ferro.

"Magdalena, ajude-me a carregá-lo", disparei. "Alexi, pegue a chave e vá proteger a porta. Quero que você a abra, mas só depois que eu falar.

Alexi assentiu, desesperado, saindo da cama e tirando a chave do seu bolso. Agarrei-o pelo pulso e puxei-o de volta para um beijo rápido antes de enxotá-lo do quarto. Então envolvi Magdalena em um abraço apertado, enterrando o rosto no cabelo emaranhado dela.

"O que você vai fazer?", perguntou ela, com um sussurro.

Peguei o rosto dela nas mãos e a beijei também, sentindo o fantasma do seu sangue nos lábios dela.

"Vou acabar com isso", falei.

Você não pesava mais do que uma criança quando levantei seu corpo nos braços. Isso não deveria ser possível. Você era mais alto que eu, e eu nunca tive muita força. Mas consegui colocá-lo contra o peito e carregá-lo pela porta e para o corredor, com sua cabeça pendendo sobre o meu ombro.

Desci as escadas com cuidado, Magdalena correndo na frente para o caso de eu tropeçar e cair. Alexi esperava na porta, conforme solicitado, e cada músculo do corpo dele estava contraído de terror.

Sem você, todos nos sentíamos expostos, vulneráveis, mesmo com a força recém-descoberta.

"Eles arrombaram o portão", avisou Alexi, e pude sentir a tensão em sua voz.

Sinalizei para ele, assentindo assim que meus pés descalços tocaram o chão frio do átrio.

"Deixe que venham", falei. "Destranque a porta e fique atrás de mim com sua irmã. Prepare-se para correr."

Alexi fez o que lhe foi dito, então correu para a escuridão reconfortante da casa e os braços abertos de Magdalena. Respirei fundo e desloquei o seu peso nos meus braços, segurando com força, então abri a porta da frente com um empurrão.

No pátio, vi vinte homens e algumas de mães enfurecidas que tinham vindo buscar justiça para os filhos, com armas em punho e pés de cabra nas mãos, sedentos por violência. Os gritos violentaram meus ouvidos quando saí ao luar, aninhando seu corpo como um noivo faria com a noiva.

A multidão ficou imóvel ao me ver, o horror nas feições iluminadas por tochas e lamparinas bruxuleantes. Imagino como devia parecer aterrorizante: uma jovem pequena e magra coberta de sangue, segurando o corpo dessecado do monstro que todos tinham passado a temer. Os gritos de raiva morreram nos lábios deles quando dei alguns passos deliberados naquela direção, sentindo o ar da noite na pele pela primeira vez em muito tempo. Apesar do medo batendo no peito, eu me sentia viva. Eu me sentia verdadeiramente livre, não importava o que aconteceria comigo.

Eu me ajoelhei e depositei seu corpo no chão; ao fazê-lo, também depositei ali as centenas de anos que passamos juntos. A dor apertou o meu coração, mas ela vinha acompanhada de uma euforia. Era como se eu estivesse contendo as lágrimas havia eras, e, agora, enquanto soltava um soluço, uma coisa que estivera trancada dentro de mim estava se libertando.

"Aqui está o seu demônio", anunciei, e minha voz falhou em meio às lágrimas. "Façam o que quiserem com ele."

As pessoas da cidade se abateram sobre seu corpo com um urro coletivo, e eu cambaleei para trás, esbarrando no batente da porta da casa grande e velha. Os aldeões cravaram os pés no seu corpo e amarraram uma corda em volta do seu pescoço. Corri de volta para a casa bem a tempo de ver um deles erguer uma foice bem alto, pronto para decapitá-lo.

Bati a porta atrás de mim quando a foice desceu com um ruído hediondo.

"Corram!", gritei para Magdalena e Alexi. Peguei-os pela mão, puxando-os escada acima de volta para nossos aposentos.

"Peguem qualquer coisa de valor que puderem carregar e corram! Assim que acabarem com ele, virão atrás de nós."

Eu e Magdalena enchemos os bolsos dos vestidos com joias e cigarreiras douradas, e Alexi vasculhou seus aposentos em busca de todo o dinheiro que conseguiu encontrar. Então, sem chance de sequer trocar de roupa, pegamos nossos casacos e sapatos e fugimos pela entrada dos criados.

A noite estava fria e úmida, e o orvalho grudava nas pernas enquanto corríamos pela grama alta atrás da casa. Magdalena tropeçou, e Alexi e eu a seguramos, impelindo-a para frente. Eu não sabia para onde íamos, mas sabia que tínhamos o mundo inteiro pela frente e a morte certa em nosso encalço. Não havia para onde ir senão adiante.

Só olhei para trás uma vez, bem a tempo de ver os aldeões erguendo as tochas junto à nossa casa e aplaudindo quando o fogo pegou. Em instantes, a casa inteira estava em chamas, queimando o pequeno império que você construíra. Tudo: nossas roupas, cartas e a lembrança dos longos dias que havíamos passado confinados na casa de campo foram consumidos pelas chamas.

"Tudo se foi", balbuciou Alexi, e o fogo reluzia nos olhos arregalados dele. "Tudo se foi."

"Vamos reconstruir tudo", falei, incentivando-o a seguir em frente. "Vamos sobreviver. É o que sabemos fazer melhor."

Atravessamos o lodo e a lama, seguindo para a estrada mais próxima.

Nós nos abraçamos e choramos, mas nunca mais olhamos para trás, meu amor. Nem uma só vez.

Às vezes,
quando ando pela cidade,
sinto um arrepio na nuca
que me obriga a virar.
Às vezes, acho que vejo
seu rosto na multidão,
apenas por um instante,
antes de você ser levado
outra vez pela turba.

Corremos pelo cais, o barulho e a agitação nos envolveram enquanto procurávamos o navio de Alexi. Magdalena estava resplandecente em um vestido verde que roçava os joelhos, e Alexi parecia corajoso e pronto para o mar, de boina e suspensórios. Gaivotas gritavam no alto enquanto nós três caminhávamos de braços dados, esticando o pescoço para ler os nomes dos grandes navios.

"Ali está!", gritou Alexi, então corremos, maravilhados com o transatlântico. Era mais alto que o prédio de apartamentos em Paris, enfeitado com bandeiras alegres e abarrotado de dezenas de pessoas que subiam a prancha de embarque.

"Está com sua passagem?", perguntou Magdalena, preocupada, endireitando a gola de Alexi.

"Bem aqui", respondeu ele, batendo no bolso do peito.

"E promete que ficará em segurança?", perguntei.

Alexi revirou os olhos para mim, o que lhe rendeu um sorriso. Lá estava o meu Alexi petulante, arrogante como sempre.

"Sou mais perigoso que qualquer um naquele navio", murmurou ele. "Mas sim. Prometo."

Magdalena e eu cobrimos o rosto dele de beijos, sem nos preocuparmos com quem nos via. Nós o adorávamos, nosso príncipe dourado, e, mesmo que partisse o meu coração deixá-lo ir, eu sabia que em breve nos reuniríamos de novo. Queria mais que ele fosse livre e feliz do que o queria algemado ao meu lado.

Depois de muita deliberação, lamentações e lágrimas, tínhamos decidido desejar felicidades um ao outro antes de seguirmos caminhos separados. Tínhamos passado tanto tempo das nossas vidas sob a sua sombra, agarrados a você, que era hora de sairmos pelo mundo por conta própria. Magdalena se matriculara na universidade de Roma para estudar política, e Alexi reservara uma passagem de navio para os Estados Unidos. Nova York seria seu novo parque de diversões.

"Prometa que vai escrever", continuou Magdalena, deixando as bochechas dele vermelhas de batom. "Uma vez por semana no começo, pelo menos! Responderei sempre, mesmo que esteja ocupada com meus estudos."

"Prometo, Maggie", respondeu ele, torcendo o nariz para toda aquela preocupação. Mas havia um sorriso escondido sob a fachada de irritação, e eu sabia que ele cumpriria todas as promessas.

Apertei as mãos de Alexi entre as minhas, memorizando o peso e o formato delas. Nos dias seguintes, deitada na escuridão do quarto, eu traçava o contorno da mão dele na minha palma, só para manter a memória.

"Desejo a você toda a felicidade do mundo. Sinto muito não poder ir junto."

"Você precisa encontrar um caminho próprio, eu sei." Ele abriu um sorriso malicioso. "No entanto, nós nos veremos mais cedo do que você imagina, quando meu nome estiver exposto e iluminado e você vier presenciar meu espetáculo em um dos grandes teatros americanos."

Nós três pulamos de susto com a buzina do navio, que chamava os últimos passageiros a bordo. Alexi me deu mais um beijo firme e então partiu, subindo a prancha de embarque com os outros retardatários. Assisti à partida com lágrimas nos olhos e o coração na boca. Momentos depois, ele se inclinou sobre a amurada do navio, tirando o chapéu e acenando para nós. Magdalena gritou o nome dele e acenou um adeus com o lenço enquanto eu chorava.

Ficamos lá até o navio estar tão longe no horizonte que se transformou em apenas um pontinho. Magdalena então me puxou para um abraço apertado, fazendo círculos suaves com as mãos nas minhas costas.

"Ele vai ficar bem", tranquilizou ela. "É um rapaz corajoso."

"Vai ficar melhor do que bem", falei, aceitando o lenço que ela oferecia e enxugando os olhos. "Ele vai ficar ótimo."

Eu a acompanhei até a carruagem dela de braços entrelaçados, andando rápido. Ela já enviara seus pertences para a Itália e ficara na cidade alguns dias a mais para se despedir de Alexi e aproveitar nossas últimas horas juntos. Tínhamos passado grande parte desse tempo na cama ou explorando a Antuérpia, perambulando por becos, entrando e saindo de bares e observando o rubor do amanhecer pintar o céu. Fazia quase um mês desde que tínhamos escapado da casa de campo, e eu finalmente conseguia andar pela rua sem sentir um aperto no estômago ao pensar em como você ficaria bravo comigo por eu ter quebrado o toque de recolher. Devagar, o laço do seu amor se afrouxava no meu pescoço.

Com dedos trêmulos, agarrei as mãos de Magdalena quando chegamos à carruagem. Passara tanto tempo com vocês que a ideia de andar pelo mundo sozinha era tão aterrorizante quanto estimulante.

"Você precisa se cuidar", falei. "Eu morreria se alguma coisa acontecesse com você."

"Minha doce Constanta. Venha aqui."

Ela me puxou para a escuridão da carruagem, segurou o meu rosto entre as mãos e me beijou. Foi um beijo longo e profundo, gentil e lento, e, quando nos afastamos, estávamos com o rosto molhado de lágrimas.

Magdalena secou os olhos com o lenço, e depois secou as minhas bochechas.

"Pronto", anunciou. "Tão linda e corajosa quanto qualquer princesa das fábulas. Sentirei sua falta, meu amor, desesperadamente. Já decidiu para onde vai primeiro?"

"Ainda não", murmurei. "Mas quero viajar. Quero ver minha Romênia na primavera de novo. Quero conhecer muita gente, fazer muitos amigos e passar todas as noites pelo mundo, cercada de pessoas. E acho que um dia gostaria de me apaixonar de novo."

"Quero isso para você. Intensamente. Fique bem até nos encontrarmos de novo. Será mais cedo do que pensamos. Sei disso."

Saí da carruagem e fiquei ali por um longo momento, parada, com a mão na porta, enquanto me maravilhava uma última vez com a beleza de Magdalena. Ela abriu um daqueles sorrisos irônicos e inteligentes e me soprou um beijo, que eu quase senti queimando na bochecha enquanto me afastava para deixar a carruagem passar.

Fiquei olhando até a carruagem ser devorada pelo tráfego, dei um último aceno quando a vi dobrar a esquina, levando minha Magdalena para uma nova vida. Então dei um passo para a multidão e deixei a cidade me engolir.

Assim, meu amor, chegamos ao fim da nossa vida juntos. Seus ossos estão mofando em alguma sepultura carbonizada no interior da França, e eu ando pelo mundo, livre de verdade pela primeira vez nesta longa vida. Minhas noites são cheias de longas caminhadas, do cheiro da brisa do mar e do som das pessoas cantando. Às vezes, ouço sua voz nos meus sonhos e acordo com um susto, mas estou ficando melhor em me acalmar até voltar a dormir. Com o tempo, eu talvez pare de pedir perdão a Deus. Talvez seja capaz de desenrolar as defesas do meu coração e deixar alguém me ver como você me viu: vulnerável, nua e inteiramente disposta a confiar.

Tenho uma promessa final para você, uma que espero nunca quebrar. Prometo viver intensamente e desinibida, de braços abertos para o mundo. Se alguma parte de você ainda desejasse nossa felicidade, realmente desejasse o melhor para nós, acho que ela ficaria feliz em me ouvir dizer isso. Não sei se justifiquei minhas escolhas para você, mas acho que as justifiquei para mim mesma, e isso me trouxe a paz que eu precisava.

Então vou largar a caneta. Vou guardar essas páginas em uma gaveta e as lembranças de você na mente, vou sair para o mundo e viver. Construirei minha própria família imortal, e não levantaremos a voz nem trancaremos as portas. Sua memória vai desaparecer nas sombras, e eu nunca mais pronunciarei seu nome, nem mesmo quando contar aos meus amantes a história de como nos conhecemos. Na minha vida, haverá apenas doçura e bondade, além de cem anos de bonança.

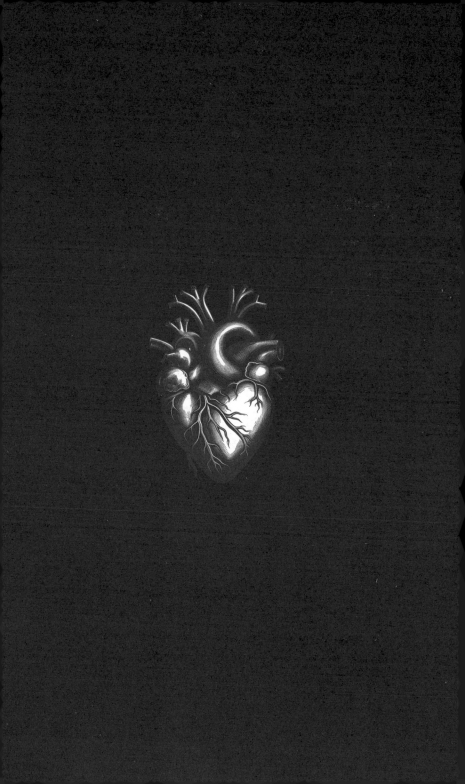

Conforme eu andava pelo palco, os holofotes reluziam sobre mim como a luz do sol há muito esquecida, e minha voz soava carregada pela acústica do teatro. A plateia estava imersa em silêncio, comendo na palma da minha mão conforme eu recitava as falas. A peça era uma tragédia no estilo clássico, só melodrama e sangue falso, e minha natureza animal se empolgava com a carnificina, ainda mais naquela noite. Naquela noite, eu não era o único predador da casa.

Atuei com todo o meu coração, direcionando cada piada rápida e fala de partir o coração para o camarote à direita do palco, onde sabia que olhos famintos me assistiam. Dois lindos pares de olhos, castanhos e pretos. Mesmo sob as luzes vibrantes do palco, eu tremia só de pensar naqueles olhos em mim, me comendo de longe.

Eu achava que nada poderia superar a euforia dos aplausos, mas, quando dei as mãos aos meus colegas de elenco e fiz as reverências, algo ainda mais forte cortou o rugido de palmas e vivas. Antecipação.

Ela inundou as minhas veias como o absinto mais caro. Quando enfim cambaleei para fora do palco e encontrei o caminho até os camarins, passando pela multidão que se acotovelava, já estava bêbado com a sensação.

Elas me encontraram primeiro, como elas sempre faziam. Depois de jogar o figurino no cabide e arrancar a fita do microfone do rosto sem nem me dar ao trabalho de tirar a maquiagem de palco, corri para fora do camarim e quase dei de cara com as duas. Duas figuras de outro mundo, tão lindas que doía de olhar.

"Constance!", exclamei. "Maggie! Ah, vocês vieram!"

Eu me atirei nos braços de Magdalena, que estava mais perto, e ela me beijou sem nem hesitar. Estendi a mão para Constanta, que entrelaçou os dedos nos meus e cobriu meu rosto com uma enxurrada de beijos. Uma das duas, não sei dizer qual, depositou um buquê perfumado de rosas carmesins nos meus braços.

O primeiro beijo de Magdalena sempre trazia a sensação de um corte no dedo com a ponta de uma faca: um choque forte, seguido de um calor latejante. Constanta, por outro lado, era como um banho quente depois de um dia de trabalho duro: só alívio e o relaxar dos músculos.

"Alexi", murmurou Constanta, contra minha boca, aninhando minhas bochechas nas mãos. "Ah, meu pequeno Alexi, sentimos tanto a sua falta."

Estávamos fazendo uma cena no corredor dos bastidores, mas eu não ligava. Magdalena e Constanta estavam aqui. As pessoas que desviassem o olhar, se nossa demonstração de afeto as desagradasse.

Envolvi as duas nos braços, puxando-as para um abraço apertado. Fiquei tonto de êxtase ao ser pressionado entre elas. Tudo estava certo no mundo outra vez.

Constanta ainda usava o cabelo comprido, enrolado no topo da cabeça em um coque bagunçado. Mechas vermelhas caíam ao redor do rosto dela, e eu as toquei, encantado com esse pequeno detalhe imperfeito. Ela não envelhecera um só segundo desde a última vez que a vira, e as rugas ao redor dos olhos só apareciam quando ela sorria intensamente, como naquele momento.

"Você foi maravilhoso", elogiou.

"Uma revelação", concordou Magdalena, dando um passo para o lado para dar passagem a outros dois atores. Eles viraram o rosto para admirá-la, e eu não podia culpá-los. Ela usava meias ⅞ com costura atrás, saia lápis justa cor de ameixa e uma blusa de seda que mostrava a pele marrom clara do decote.

"Não foi meu melhor trabalho", falei. "Vocês perderam meu Puck, de uns anos atrás; eu brilhei como o fogo."

"Eu sei", disse Constanta, naquela voz suave. "Mas eu estava em Chipre com Henri e Sasha..."

"E eu estava aconselhando um concílio do Vaticano sobre o novo papa, você sabe", comentou Magdalena, com a mesma gentileza, mas bem menos arrependida. Ela adorava o próprio trabalho, mexendo os pauzinhos por trás dos cargos de poder internacional, tanto quanto nos amava. Há muito aceitei que nosso leito conjugal teria de ser partilhado com aquelas intrigas.

"Eu sei, eu sei", murmurei, e percebi que ainda estava magoado por elas não terem conseguido ver o espetáculo. Era menos sobre a peça, embora fosse muito boa, e mais sobre o fato de que fazia quase três décadas desde que nos encontramos os três. Quase nunca passávamos tanto tempo sem nos vermos. Eu visitara Constanta para um encontro de algumas horas durante uma escala na minha última turnê europeia, mas não era a mesma coisa. Já se passara tempo demais desde nossa última reunião.

Mas elas têm outras vidas e outros amantes, lembrei a mim mesmo enquanto me paparicavam, beijavam e elogiavam. *Não sou mais o sol no céu delas.*

O pensamento me deixou com uma sensação esquisita no estômago, mas abri um sorriso para elas mesmo assim. Se existe uma coisa em que sou bom, é em sorrir em meio à dor.

"Vamos", falei, puxando-as para a saída. "Quero muito um café e um doce."

"Você ainda come?", perguntou Magdalena, perplexa. Ela não acrescentou que falava de comida humana, já que estávamos cercados por mortais.

"Sou um hedonista em todos os sentidos", declarei, pegando as mãos das duas. "Vou saborear todos os prazeres sensoriais do mundo até não poder mais suportá-los."

"Você não mudou nada", comentou Constanta, com tanto carinho que pensei que meu coração fosse explodir.

Caminhamos pelas ruas da cidade, que estavam molhadas de chuva, até encontrarmos minha padaria italiana favorita, escondida entre uma lavanderia e uma loja de penhores de um beco despretensioso. Eu viajara muito pelo mundo nos cento e tantos anos em que estivera vivo, mas sempre parecia voltar a Nova York. Adorava o charme inesperado e apertado da cidade, a maneira como destilava tantos idiomas e culturas diferentes em uma essência inebriante e distintamente americana. A América me convinha, apesar dos costumes puritanos e da péssima gestão institucional. Era descarada, barulhenta e apaixonada por si mesma, assim como eu.

Pedi um café com leite e um profiterole, comidas tranquilas para o estômago, para que eu pudesse apreciar o sabor sem enjoar. Nos últimos anos, eu passara a notar as mudanças sobre as quais Constanta havia me alertado: a palidez surgindo na pele e o interesse minguante por qualquer alimento que não fosse sangue. Mas pretendia arrancar cada gota de prazer da comida até perder o gosto de vez.

"Experimente", falei, estendendo um pouco do creme no meu mindinho para Magdalena.

"Estou de dieta", respondeu ela, bem-humorada.

"Vai derreter na língua; é só um pouquinho de creme e açúcar. Viva um pouco, Maggie."

Magdalena cedeu ao meu pedido, envolvendo meu pulso com os dedos e levando o creme à boca. Ela encerrou meu dedo entre os lábios, sugando de um jeito que fez um choque percorrer minha espinha.

"Ah, é gostoso", admitiu ela, arregalando os olhos escuros. Magdalena pegou um pouco de creme no dedo e ofereceu para Constanta, que só olhou, hesitante.

"Sou mais velha do que vocês", lembrou ela, como se pudéssemos esquecer. Constanta devia ser uma das vampiras mais velhas que ainda estavam vivas, e, embora fosse graciosa e gentil com seu poder, esse fato era evidente na maneira como se portava e na forma como seus olhos brilhavam no escuro. Nós três nos tornamos mais poderosos naquela noite em que matamos nosso gerador e bebemos das veias dele, mas Constanta era a mais velha, então colhera mais benefícios daquela potência.

"Não vai doer", prometeu Magdalena. "Alexi está certo."

Constanta abriu a boca para Magdalena e lambeu o doce. Seus olhos se arregalaram com o sabor e ela fez um barulhinho satisfeito no fundo da garganta. Magdalena riu e beijou-a com uma ternura tão rápida e impensada que doeu. Elas eram tão perfeitas juntas, e eram minhas.

Pelo menos, eu achava que ainda eram minhas.

"Como estão seus amantes?", perguntei, porque era a coisa educada a fazer. E talvez eu estivesse curioso.

O rosto de Constanta se iluminou e ela se inclinou um pouco mais sobre a mesa. As mangas da blusa branca ondulavam com elegância, e a cruz dourada brilhava no pescoço dela. Constanta sempre gostou de desrespeitar a superstição de que ícones religiosos eram um anátema para nós, e acho que parte dela ainda acredita mesmo naquela velha história sobre sangue e sofrimento.

"Henri e Sasha continuam amáveis como no dia em que os conheci. Eles fazem diversos pequenos gestos de bondade amorosa. Henri limpa o sangue das minhas roupas depois de cada caçada e deixa flores nos bolsos, e Sasha está sempre trazendo livros para casa, destacando suas passagens favoritas para eu ler. Este ano, passaremos o verão na Romênia. Quero lhes mostrar onde nasci."

"Foi corajoso da sua parte", comentou Magdalena, roubando outro dedinho de creme, "transformar outras pessoas depois do que aconteceu conosco".

Uma sombra passou pelo rosto de Constanta, mas só por um momento.

"O vínculo que tínhamos com ele foi construído por meio do controle e da desonestidade. Sempre fui sincera com Henri e Sasha, e eles comigo. Cada um de nós permite que o outro desfrute da sua liberdade."

Ela não precisava especificar o "ele" de quem estava falando. Senti a minha garganta fechar um pouco à medida que surgiram memórias desagradáveis. Não falamos mais o nome dele, mas é impossível esquecê-lo.

"E o que seus amantes estão achando da vida imortal?", perguntei, curioso sobre esses novos vampiros que eu não conhecia, mas que capturaram tanto o coração da minha querida Constanta. Não havia muitas pessoas no café ouvindo, e, de qualquer maneira, nunca fui discreto.

"Se adaptaram como peixes na água", disse Constanta, com uma risada. "Henri é tão insaciável quanto você, quando jovem. Lembra como tivemos que lhe ensinar a ter autocontrole?"

"Você drenou tantas leiteiras e mensageiros...", comentou Magdalena, com carinho.

Torci o nariz para as provocações.

"Aprendi rápido. Você ficaria orgulhosa, Constance. Quase não mato ninguém há anos. Discrição, não é isso que você diz? Só tomar o necessário para não levantar suspeitas com um rastro de corpos?"

"Fico feliz por você", disse Magdalena, sempre cheia de esperteza. "Isso permitirá que fique em um lugar pelo tempo que quiser, sem polícia nem padres batendo à porta. Pelo menos, até começarem a perceber que você não envelhece. Odeio ter que me mudar tanto. A Itália combina comigo."

"E como está seu servo italiano?", perguntei, engolindo um pouco do café com leite. Constanta sempre teve interesse em construir pequenas famílias onde fosse, mas Magdalena preferia companheiros humanos solitários que pudessem oferecer conversas estimulantes e um suprimento constante de sangue.

"Ah, Fabrizio? Uma maravilha! Tão atencioso e dedicado. Ele lê os jornais para mim todas as noites e até mudou o horário de dormir para ficar acordado comigo."

"Vocês estão juntos há uma década", observou Constanta. "Deveria me deixar transformá-lo."

"É muito gentil da sua parte, mas gosto do Fabrizio desse jeito. A vida imortal não é para ele; Fabrizio é apaixonado demais pela vida."

"Mas ele vai *envelhecer*", sussurrei, como se fosse uma maldição.

Magdalena deu de ombros. "E morrer, sim. Ou talvez a gente se separe em algum momento no futuro. Nada é certo, meu pequeno Alexi."

"Já não sou tão pequeno."

"Sim, mas sempre será o mais novo."

Constanta interveio antes que Magdalena e eu pudéssemos entrar em uma das nossas disputas de provocações amistosas.

"E você, Alexi? Teve amantes desde a última vez que nos falamos? Talvez tenha encontrado um servo para chamar de seu?"

De repente, senti que estava muito exposto, então bebi um pouco do café com um gole seco. Percebi que não tinha amantes havia muito tempo. Bebia de estranhos, às vezes dos meus amigos, se eles estivessem buscando aventuras. Levava pessoas para a cama por uma noite ou duas, fossem elas vítimas ou não. Mas, quando pensava em amantes, pensava em Magdalena e Constanta. Todo mundo parecia pequeno em comparação ao esplendor delas.

"Eu, hum... Bem, não. Ainda não tive a chance."

Magdalena franziu o cenho, refletindo sobre alguma coisa, e Constanta abriu a boca, provavelmente para dizer algo encorajador, mas então a garçonete se aproximou da mesa com a conta. Abri um sorriso enorme para ela, afastando minha melancolia momentânea, e flertei tanto que Magdalena revirou os olhos.

Desaparecemos na noite, três lindos vilões, e brincamos e rimos juntos durante todo o caminho de volta ao meu estúdio.

        eu estúdio era modesto, nada parecido com os apartamentos grandiosos e as velhas propriedades em ruínas onde moramos juntos, mas tinha seu charme. Velas estavam presas em garrafas de vinho, e um baralho de cartas douradas tinha sido deixado na mesa da cozinha depois da minha última rodada de bebida e jogos de azar com alguns amigos atores. As cortinas de tecido damasco eram vermelhas, pesadas o suficiente para bloquear a luz do sol, e os tapetes persas que estavam puídos no chão eram antigos, quase tão velhos quanto eu.

    Peguei os casacos de Magdalena e Constanta e os pendurei no cabideiro junto à porta, pois, apesar dos modos libertinos, eu ainda era um cavalheiro.

    Em instantes, estávamos em cima uns dos outros.

    Constanta deslizou os braços ao redor dos meus ombros e se derreteu no meu beijo enquanto Magdalena murmurava contra meu pescoço com insistência. Serpenteei um braço ao redor da cintura dela e a puxei para perto, alternando entre as duas bocas na penumbra do estúdio. Eu me perdi na maré intensa do amor delas, impulsionado por uma centena de pequenos toques e murmúrios de prazer. Uma felicidade além da compreensão tomou conta de mim.

Magdalena estava aqui comigo, minha determinada e bela Magdalena, com seu coração de ouro líquido. E Constanta também, a adorável e sonhadora Constanta, com lábios de compaixão. Minhas irmãs, minhas amigas mais íntimas. Minhas meninas, *minhas*.

Eis um segredo: posso até gostar dos jogos de amor, mas sou terrivelmente possessivo à minha maneira. Um pouco do meu coração viaja com elas quando percorrem o mundo, e estou sempre desesperado para reencontrá-las. Nós três fomos feitos para nos encaixarmos, e eu não sou eu mesmo por completo a menos que esteja aninhado entre as duas.

Somos filhos da mesma família podre, sobreviventes da mesma guerra íntima. Sempre seremos amantes, para sempre unidos, através da distância e do tempo.

"Senti saudades", sussurrei, e minha respiração agitou os cachos soltos de Constanta, que roçavam nos lábios de Magdalena.

"De qual de nós?", perguntou Magdalena, com uma daquelas risadas roucas.

"Das duas", respondi, e meus dedos já estavam abrindo os botões da blusa dela. Com um tapinha de leve, Magdalena afastou minha mão, e um sorriso se formou em seus lábios.

"Paciência, pequeno Alexi. Faz tanto tempo que não nos vemos. Precisa deixar eu me divertir."

Constanta me deu um último beijo demorado antes de entrar na minha pequena sala de estar escura.

"Vou ao banheiro", cantarolou ela, com ar de quem sabe das coisas. "Vou deixar vocês um para o outro."

Protestei com um gemido carente, mas Magdalena não queria nem saber. Ela adorava a chance de me possuir só para si e não desperdiçaria a oportunidade.

Ela deslizou os dedos no meu cabelo e puxou bem de leve, administrando dor suficiente para ser interessante. Gemi de novo, dessa vez de prazer.

"Meu masoquista favorito", ronronou Magdalena, deixando os lábios caírem nos meus. Ela me segurou com um aperto firme no queixo, e as pontas dos seus dedos deixaram marcas na minha pele. Eu me perdi na sensação inebriante de ser reivindicado e possuído por ela.

"Com certeza não sou seu favorito", respondi, perseguindo o beijo quando ela se afastou. "O que Fabrizio diria?"

Magdalena cravou as unhas na minha pele, e eu gemi de dor e prazer.

"Fabrizio é meu para fazer o que eu quiser. E, neste momento, você também é", respondeu ela. Ah, como eu amava esse jogo. O jogo de mágoa e negação que sempre terminava em êxtase. Magdalena era a melhor jogadora que eu conhecia, e essa era sua jogada inicial.

Respondi na mesma moeda, mordiscando os dedos dela com os dentes afiados. Magdalena deu um tapa na minha bochecha, com força suficiente para gerar um ardor agradável, mas não forte o bastante para causar qualquer dano. Aquilo estava a mundos de distância das vezes em que fui atingido com raiva, e era ainda mais doce devido à delicada contenção com que Magdalena mexia o pulso.

No entanto, ela não se moveu rápido o suficiente para poupar os lindos dedos da minha mordida, e um ponto cor de rubi apareceu no seu indicador.

"Chupe para mim, Alexi", exigiu, com aquela voz imperiosa.

"Que princesa", zombei, mas obedeci com prazer.

Abri a boca e deslizei a ponta molhada da língua ao longo do dedo, saboreando o pequeno arrepio que percorreu o corpo dela. A rainha Magdalena fazia o possível para esconder, mas eu sabia o efeito que tinha sobre ela. Sempre tivemos um fraco um pelo outro, íamos para a cama com toda a urgência sem-vergonha de adolescentes.

Suguei a gota de sangue, soltando um gemido baixo ao sentir o gosto. Ninguém tinha o gosto da minha Magdalena, tão intensa, doce e apimentada. Ninguém poderia se comparar com a deliciosa pátina do tempo que rodopiava nas veias dela, exceto talvez Constanta.

"Jogando seus jogos?", murmurou Constanta, voltando do banheiro. Estava sem as calças, com as pernas nuas despontando da camisa branca ondulante e o cabelo ruivo caindo solto ao redor do rosto. Era tão perfeita que eu quase me prostrava de joelhos. Constanta era bonita o bastante para fazer de um apóstata um apóstolo, e eu não era exceção. Queria adorar na catedral daquele corpo até que ela gritasse como os sinos da missa de domingo.

"Sempre", disse Magdalena, tirando o dedo da minha boca com um estalo. "Ele é tão carente, Constanta."

"Então nada mudou", respondeu ela, dando uma risada que passou por mim como eletricidade. Se Constanta pedisse, eu rastejaria até ela de quatro, como um cachorro.

"Constance", chamei, com a voz rouca de desejo. "Por favor."

"Use palavras, Alexi", disse Magdalena, enfiando os dedos com suas unhas compridas pelos meus cachos. "Peça o que você quer."

"Quero as duas. Ao mesmo tempo. Por favor."

Constanta apenas sorriu, aquele sorriso de Mona Lisa, enquanto afundava na beira da cama, abrindo os braços para mim. Puxei Magdalena comigo enquanto tirava os sapatos e a jaqueta, entregando-me aos cuidados habilidosos de Constanta.

Ela me pressionou contra a cama com beijos enquanto Magdalena tirava meu cinto, apressada.

"Que avidez", comentou Magdalena, com um sorriso cheio de dentes, apertando minha carne por cima do jeans. Tentei dar uma resposta concisa, mas a pressão dos dedos ágeis roubou meu ar. Ela não estava mentindo; eu já estava duro, apertando a calça. Fazia uma pequena eternidade desde a última vez que eu as encontrara, e eu estava ávido por recuperar o tempo perdido.

"Verdade", contemplou Constanta, com seus olhos castanhos vagando pelo meu rosto. "Mas está emburrado."

"Não estou emburrado", retruquei, deslizando as mãos sob a blusa dela e espalmando os dedos nas costas nuas. Constanta franziu o cenho daquele jeito empático e cheio de conhecimento que sempre acabava comigo. Os malditos instintos dela.

"Sim, você estava, no café. Tem uma sombra por trás dos seus olhos, meu doce príncipe. O que houve?"

Engoli em seco, em parte porque Constanta estava me desvelando e em parte porque Magdalena baixara a cabeça para me abocanhar por cima do jeans.

"Nada", respondi. "Só estava com saudades de vocês, é isso."

"Hum", murmurou Constanta, sem se convencer. Mas ainda assim ela me beijou, e isso era tudo que importava. Só queria estar perto dela e de Magdalena, tão perto como pele com pele e sangue com sangue. Isso com certeza acalmaria meus pensamentos traiçoeiros. Faria eu me sentir inteiro outra vez.

Magdalena se arrastou na cama na minha direção, ágil e perigosa como um gato à espreita, e passou os dedos finos em volta do meu pescoço. Ela mal pôs qualquer pressão, mas foi o suficiente para minha garganta palpitar de antecipação. Meus olhos se fecharam por vontade própria quando Constanta me libertou das restrições do jeans. Meus quadris contraíram sob o peso dela, já se movendo por vontade própria.

Isso. Estava com saudades disso.

"Por favor, Maggie", implorei. "Só um pouco mais forte."

Magdalena obedeceu enquanto Constanta me levava à boca com habilidade, quase me levando à loucura.

"Deus", murmurei, pressionando a pele contra o aperto de Magdalena. Ah, ela era má. Sabia como tirar meu fôlego sem cortar a circulação ou me sufocar completamente. Ela poderia me segurar assim pelo tempo que quisesse, e eu estava impotente contra ela. "Jesus Cristo, Maggie."

"Que blasfêmia", repreendeu Constanta, com um sorriso, então me lambeu. Sem conseguir me controlar, arquejei, enroscando os dedos nos lençóis.

"Senti falta de vocês", murmurei. "Senti tanto a falta de vocês duas."

"Por isso que você estava de mau humor a noite toda?", perguntou Constanta, circulando minha ponta com a língua, como uma bala dura.

"*Constanta*", gemi. "É hora disso?"

"É a hora perfeita", retrucou Magdalena, e me afundou no colchão com uma força que teria machucado um amante humano. As duas estavam conspirando, dava para ver pelos olhares cintilantes que compartilhavam enquanto me atormentavam. Eu queria mandar que parassem, queria me recompor e me levantar da cama. Mas amava demais aquilo. Adorava ser desfeito por elas.

"Diga o que houve", insistiu Constanta, brincando comigo preguiçosamente com os dedos. Ela apertou e passou o polegar ao longo de todo o meu comprimento, como se fosse seu brinquedo favorito. "E aí podemos continuar."

"Isso é chantagem", acusei.

"E você adora."

"*Touché.*"

Magdalena me beijou tão profundamente que quase esqueci meu nome, apertando minha garganta com mãos seguras e inabaláveis. Então me mordiscou com aqueles dentes afiados, tirando sangue do meu lábio inferior. Sua língua quente e inquisitiva lambeu o líquido. Quando ela falou, a voz estava rouca da sede de sangue.

"Responda, Alexi. Para que eu possa tê-lo como quero."

Eu me contorcia sob aqueles tormentos experientes, tanto de êxtase quanto de humilhação. Eu não deveria dizer nada. Deveria guardar tudo para mim, trancado em um canto da mente que eu nunca examinava, e tudo ficaria bem. E se eu compartilhasse meus sentimentos e elas ficassem frias comigo, ou me deixassem sozinho em Nova York? E se elas se ofendessem com minhas palavras ou explodissem de raiva, como amantes do passado?

Constanta apertou de uma maneira tão impiedosa que não tive escolha a não ser soltar um suspiro impotente, então as palavras saíram:

"Vocês não gostam mais de mim do mesmo jeito", disparei.

Na mesma hora, o cômodo ficou silencioso. Magdalena soltou meu pescoço e Constanta me colocou de volta no jeans. Tinha uma expressão ferida, como se tivesse acabado de ser pega em alguma indiscrição. Por um instante horrível, pensei que tinha despedaçado nosso amor. Eu me apoiei nos cotovelos, respirando com dificuldade, e lágrimas brotaram no fundo dos meus olhos.

Então Constanta estendeu a mão e acariciou minha bochecha. Constanta, meu anjo da guarda. Minha protetora.

"Acha mesmo isso?", perguntou, baixinho.

Olhei dela para Magdalena, cujos olhos estavam sombrios, como se ela estivesse decifrando algum conflito internacional. Notei essa mesma linha entre as sobrancelhas, como se ela quisesse me consertar com diplomacia e nepotismo.

"Só estou preocupado", murmurei, envergonhado.

Eu não deveria ter dito nada. Deveria ter mantido essa boca idiota fechada.

Magdalena e Constanta se entreolharam, então me abraçaram com uma ferocidade que me tirou o fôlego. Segurei-as com força, deixando que me balançassem como se eu fosse uma criança exigente.

"Alexi, Alexi", murmurou Constanta. "Eu não poderia deixar de amar você nem se minha vida dependesse disso. Mesmo se você fosse a luz do sol, eu ainda me queimaria para ficar perto."

"E eu arrasaria uma cidade inteira, se isso fizesse você sorrir", jurou Magdalena.

"O que faz você se sentir assim?", perguntou Constanta.

Dei de ombros e, para o meu horror, percebi um nó na garganta. Eu *não* ia chorar.

"Faz tanto tempo desde que vi qualquer uma das duas. E vocês têm outros amantes, outras vidas..."

"Você é o meu mundo inteiro, Alexi", disse Constanta, me interrompendo. Seus olhos brilharam no escuro, um lembrete do poder sobrenatural que tinha. Aquele poder me fazia estremecer, mas nunca fazia eu me sentir em risco. Pelo contrário, saber do poder de Constanta fazia eu me sentir cuidado, como uma joia preciosa em um conto de fadas guardada pelo feitiço mais forte.

"Isso tem a ver com o Fabrizio?", perguntou Magdalena, aninhando-se mais perto de mim na cama. Ela deitou a cabeça no meu ombro. "Não é a mesma coisa, Alexi. Nós nos amamos do nosso jeito, mas eu nunca poderia amá-lo do jeito que amo você. Você é minha família. Meu passado e meu futuro."

"Henri e Sasha são como uma família para mim", contou Constanta, levando minha mão à boca e beijando as pontas dos dedos. "Mas nunca serão você, Alexi. Não é uma competição, não há vencedores ou perdedores. Só existe amor. E fico feliz de dizer isso quantas vezes você precisar ouvir, de agora até o fim do mundo."

"Obrigado", murmurei. Agora as lágrimas estavam vindo. Enterrei o rosto na camisa de Constanta, esperando que o escuro as escondesse, e esfreguei as bochechas com as costas da mão.

"Ah, meu pobre príncipe", sussurrou Magdalena. "Deixamos você sozinho por tempo demais."

"Precisamos consertar isso agora mesmo", concordou Constanta, puxando-me para o peito. Ela me abraçou com força e me beijou na boca com tanta doçura que quase me levou a uma nova rodada de lágrimas. "Eu só ia ficar uma semana, mas atrapalharia muito se..."

"Por favor, fique", respondi, segurando-a com mais força. Prometi a mim mesmo que nunca imploraria nada a ninguém. Tinha sido subjugado em um relacionamento e não queria isso em outro, mas Constanta não fazia eu me sentir pequeno ou fraco. Ela fazia eu me sentir forte e inteiro, como se eu tivesse o direito de pedir o que queria. Então pedi. "Só mais um pouco. Senti tanta saudade de vocês duas."

"Você nunca disse isso, bobinho", disse Magdalena, puxando-me para os seus braços em seguida. Com as mãos, ela traçou círculos suaves nas minhas costas. "Sempre que ligo, não ouço nada além de histórias incríveis sobre suas amizades e o palco. Bastava dizer uma palavra e eu teria largado tudo e vindo correndo."

"Eu não queria interromper seus negócios", expliquei, fungando.

"Meus negócios podem esperar. Você, meu amor, tem espaço exclusivo nas minhas prioridades."

Ela me beijou profundamente, e minha ansiedade começou a desaparecer pouco a pouco. Como eu poderia estar preocupado enquanto Constanta e Magdalena estavam nos meus braços, tão reais e sólidas como da primeira vez que nos encontramos? De repente, parecia tolice ter tido medo de que ficassem zangadas comigo. Afinal, eram as minhas meninas. Nós tínhamos um entendimento mútuo e íntimo, maior do que qualquer humano ou vampiro jamais poderia ter. Estávamos ligados pela eternidade.

"Por favor", falei, na boca de Magdalena. "Por favor, posso te possuir?"

"Sim, meu amor", foi a resposta. Ela descartara as meias em algum momento, e estremeceu de prazer quando levantei sua saia até a cintura. Fiquei excitado com a visão daquelas coxas, com a seda preta espreitando entre as pernas. Mais que isso, fiquei excitado com o som da sua voz. "Sempre que você me quiser, eu sou sua."

"Constanta?", perguntei, estendendo a mão e puxando-a para perto. Beijei a linha pálida da garganta dela, fascinado pelo gosto e pelo cheiro. "Você vai me possuir?"

"Agora e sempre", respondeu Constanta, tirando a camisa e deixando-a cair no chão. "Quero te dar prazer. Seja ganancioso, meu querido. Fique com ciúmes, se quiser. Sempre estarei aqui para você, sempre que você chamar."

Passei a língua ao longo da curva do maxilar dela, então baixei a boca para os lábios sorridentes de Magdalena.

"Vocês duas acabam comigo", falei, rouco.

"Vamos ficar o tempo que você quiser", disse Magdalena, e soltou um leve suspiro quando descartei a saia dela e comecei a desabotoar a blusa. "Então, quando cruzarmos o oceano outra vez, levaremos você conosco. Encontraremos um novo teatro, um novo público para arrebatar. Não precisamos nos separar de novo, nunca mais."

"Vou me lembrar dessa promessa", respondi, descartando a camisa e o jeans sem cerimônia em uma pilha no chão.

Deixei Constanta correr as mãos pelo meu peito nu, então cravei as unhas nos quadris de Magdalena quando a penetrei. Ela arranhou minhas costas, forte o suficiente para deixar marcas. *Bom*, pensei, através da névoa diáfana de luxúria, conforme Magdalena se mexia contra mim e Constanta se deitava ao meu lado. *Vamos deixar marcas uns nos outros.*

"Alexi, Alexi", suspirou Constanta, com os braços e pernas abertos.

"Constance", murmurei, enquanto lhe dava prazer com os dedos. Segurei Magdalena com mais força, puxando-a para perto conforme nossos corpos se entrelaçaram. O ar na sala estava quente e abafado, nos envolvendo em uma névoa inebriante. Eu só ouvia minha respiração, os gemidos baixos de Magdalena e o suspiro feliz de Constanta. "Maggie."

Nós nos adoramos até o amanhecer, perdendo-nos no amor que sentíamos um pelo outro. Quando amanheceu, dormi nos braços de ambas, seguro, sabendo que nunca mais ficaria sozinho.

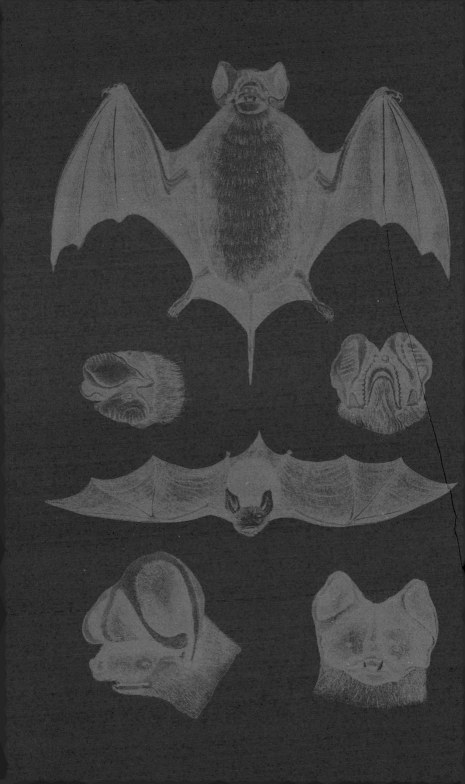

Agradecimentos

Este livro passou por muitas mãos talentosas e amorosas até ser concluído, e fico muito grata a todos que me emprestaram seu tempo, seu incentivo e sua experiência no processo de escrita. Obrigada a todos os meus parceiros críticos e leitores beta maravilhosos que ajudaram a transformar este livro no que ele é hoje. Obrigada à minha agente fantástica, Tara, por me encorajar e me defender, e ao meu grande amor, Kit, por me apoiar e escutar minhas ideias. Obrigada à Celine, minha primeira editora, que me ajudou a tecer um livro coerente desde os primeiros vislumbres de uma história até as edições finais. Obrigada a toda a equipe da Orbit EUA e do Reino Unido, especialmente Nadia, Anna, Angeline, Tim, Joanna e todas as outras pessoas que ajudaram a levar este livro a um público ainda maior. E, claro, obrigada aos leitores que defenderam este projeto em todas as etapas com tanto entusiasmo. O apoio de vocês é tudo para mim.

S. T. GIBSON é escritora, agente literária e uma mulher sábia em formação. É formada em Escrita Criativa pela Universidade da Carolina do Norte e em Estudos Teológicos pelo Seminário Teológico de Princeton. Atualmente mora em Boston com o companheiro, um gato persa mimado e uma coleção de blazers vintage.

DARKLOVE.

*Eu gosto da noite.
Sem a escuridão,
não conseguiríamos
ver as estrelas.*
— STEPHENIE MEYER —

DARKSIDEBOOKS.COM